매니지먼트의 제왕

매니지
먼트의
제왕 1

초판 1쇄 인쇄일 2017년 8월 14일 | **초판 1쇄 발행일** 2017년 8월 18일

지은이 펜쇼 | **펴낸이** 곽동현 | **담당편집 팀장** 이범수
편집부 신연제 김예리 이윤아 홍현주 김유진 조서영 임소담 정요한 김미경

펴낸곳 (주) 조은세상 | 출판등록 제 2002-23호
주소 경기도 연천군 미산면 청정로 1355
TEL 편집부 02)587-2966 | FAX 02)587-2922
e-mail bukdu@comics21c.co.kr

ISBN 979-11-6171-199-7 | ISBN 979-11-6171-198-0(set) | 값 8,000원

※잘못 만들어진 책은 바꿔 드립니다.
※저자와의 협의에 의해 인지는 생략합니다.

매니지먼트의 제왕

1

NEO MODERN FANTASY STORY

펜쇼 현대판타지 장편소설

펜쇼 현대판타지 장편소설

NEO MODERN FANTASY STORY

CONTENTS

펜쇼 현대판타지 장편소설

NEO MODERN FANTASY STORY

CONTENTS

매니지먼트의 제왕

1장. 몰락의 나날?

어두운 창고 안.

한 남자가 고개를 숙인 채 생각에 잠겨 있었다.

'행복했다…… 고 말할 수 있을까?'

쉽지 않은 인생이었다.

가진 게 없었고 타고난 게 없었다.

그래서 늘 발버둥 쳐야 하는 삶이었다.

'꼭 그 방법뿐이었을까……?'

그때는 성공을 위해서 자신이 사랑하는 사람들을 제거하고 자신을 사랑하는 사람들을 배신하는 게 최선인 줄 알았다.

그렇게 늘 경쟁에서 승리했다.

항상 갈망하던 부와 명예도 손에 넣었다.

'그러나…… 행복했다고 말할 수 있을까……?'

남자의 이름은 오정호.

중소 기획사였던 '청월 엔터테인먼트'를 대한민국 세 손가락 안에 꼽히는 대형 기획사로 성장시킨 전설적인 인물.

그 인물이 지금 이런 고민을 하며 어두운 창고 안에 앉아 있었다.

알몸으로, 의자에 묶인 채.

뚜벅뚜벅.

정호의 앞으로 누군가가 걸어왔다.

정호가 고개를 들었다.

"한경수……."

"반가워, 친구. 못 본 사이에 얼굴이 많이 상했는데?"

한경수.

그는 정호와 함께 3대 기획사 중 하나를 이끌고 있는 사내였다.

한경수라고 불린 사내는 정호의 턱을 쥐고 이리저리 얼굴을 살폈다.

"한쪽 눈이 심하게 부었네. 코뼈도 내려앉은 것 같고. 이거 천하의 청월 대표 꼴이 말이 아니네? 크크큭."

한경수가 대놓고 정호를 조롱했지만 정호는 힘이 없는지 제대로 대답하지 못했다.

"아이고, 불쌍해라. 그러게 왜 발을 뺀 거야? 예전부터 강철두를 제거하고 싶어 했던 건 너였잖아."

얼마 전, 의문의 죽음을 당해 큰 뉴스거리가 되었던 강철두의 이름이 한경수의 입에서 흘러나왔다.

강철두는 3대 기획사를 이끌던 남은 한 사람이었다.

정호는 뭔가를 말하려고 했지만 목소리가 잘 나오지 않는지 입을 달싹였다.

한경수가 그런 정호의 입으로 귀를 가져다 대며 물었다.

"뭐라고?"

정호의 입에서 신음과 함께 목소리가 작게 새어 나왔다.

"아니야……. 죽이고 싶지 않았어……."

그러자 한경수가 큰 소리로 웃었다.

"푸하하하. 뭐라고? 강철두를 죽이고 싶지 않았다고? 웃기지 마. 최승원, 정민태까지 전부 제거했던 게 누군지 잊은 거야?"

최승원과 정민태도 3대 기획사만큼은 아니지만 나름 대형 기획사 소리를 듣던 곳의 수장들이었다.

다시 정호의 입이 달싹였다.

한경수가 인상을 쓰며 정호의 입에 귀를 가져다댔다.

"네가 죽인 거잖아……. 네가……."

이번에는 한경수가 빙그레 웃으며 정호에게 대답했다.

"아니지, 우리가 죽인 거지. 이제 곧 네가 죽인 게 될 테지만. 그게 내가 청월을 차지하기 위해 이번에 짠 전략의 한 부분이거든."

청월은 어느 회사보다 정호의 중심으로 똘똘 뭉쳐 있었다.

누구보다 강력한 권력을 행사하고 싶었던 정호는 오랜 시간 청월을 그렇게 만들기 위해 공을 들였다.

그게 오히려 지금에 와서는 정호의 발목을 잡고 있는 셈이었다.

게다가 누구보다 친한 친구라고 생각해 왔던 한경수라면, 누구보다 사회 전반에 걸쳐 강력한 영향력을 행사하는 한경수라면, 청월이 정호 중심의 회사가 아니라고 해도 정호만 없다면 어렵지 않게 청월을 손에 쥘 수 있었다.

이것이 바로 한경수가 손에 쥐고 있는 권력의 힘이었으며 실체였다.

정호가 멍한 눈으로 한경수를 올려다봤다.

한경수는 그런 정호의 눈을 즐겁다는 듯 내려다봤다.

"나는 늘 불안했어. 네가 언제든 내 등에 칼을 꽂을 것 같았거든. 그래서 어쩔 수 없이 너를 이렇게 죽여야만 하는 거야. 너도 이해하지? 봉팔이를 죽인 것도 그런 이유 때문이었잖아?"

정호의 동공이 심하게 흔들렸다.

어떤 힘이 난 건지 정호가 목소리를 냈다.

불안정하고 힘이 없었지만 꽤 또렷한 발음이었다.

"봉팔이는…… 어떻게 된 거지?"

하지만 한경수는 정호의 말에 대답하지 않았다.

대신 창고 안 어둠 속에 가려져 있던 검은 양복의 사내들에게 짜증을 냈다.

"뭐야? 말할 수 있었던 거야?"

검은 양복의 사내들이 한 발자국씩 어둠 밖으로 걸어 나와 일제히 말했다.

"죄송합니다."

"죄송합니다."

한경수는 그중 한 사람의 정강이를 걷어찼다.

"똑바로 안 해? 내가 목소리 하나 내지 못할 때까지 두드려 패라고 하면 그렇게 하란 말이야!"

정강이를 걷어차인 남자가 대꾸했다.

"죄송합니다."

그때 정호의 목소리가 다시 한 번 미약하게 창고 안에 울려 퍼졌다.

"봉팔이를…… 어떻게 한 거야?"

한경수는 정강이를 걷어차인 남자의 뺨을 다시 한 번 시원하게 후려갈긴 뒤 정호 앞으로 돌아왔다.

"죽였어. 네가 늘 하던 방식 그대로."

정호의 동공이 급격하게 흔들렸고 어디서 그런 힘이 나온 건지 몸을 들썩였다.

이윽고 정호가 소리를 질렀다.

"크아아아악!"

그러자 사내들이 뛰어나와 정호를 두드려 패기 시작했다.

◇ ◆ ◇

치잇. 탁.

한경수가 담배에 불을 붙였다.

그러고는 의자에 묶인 채 바닥에 쓰러진 오정호를 내려다보며 말했다.

"왕의 목을 딸 때는 잊지 말 것. 충신의 목도 반드시 따야 한다는 걸. 누가 했던 말인지 기억나지? 그래, 네가 했던 말이잖아."

정호는 이제 정말 대답할 기운이 없는지 말없이 눈물만 흘렸다.

하지만 애초에 대답을 기대하지 않았다는 듯 한경수가 계속 말했다.

"나는 항상 민봉팔, 그 새끼가 마음에 들지 않았어. 네 옆에서 친구인 척 알랑방귀를 뀌어 대는 게 너무나도 꼴보기 싫었거든. 너도 다행인 줄 알아야 해. 내가 만약 너희 두 사람을 그대로 놔뒀으면 민봉팔이 너를 제거했을 거야."

정호는 속으로 생각했다.

'아니야…… 봉팔이만은 그랬을 리가 없어…….'

한경수는 그런 정호를 내려다보다가 말했다.

"지금 그랬을 리가 없다고 생각하고 있지? 하지만 그랬을 리가 있을걸? 그게 사람이잖아. 우리가 배우고 같이 죽여 온 사람. 크크큭."

한경수가 웃으며 검은 양복의 사내들에게 신호를 보냈다.

검은 양복의 사내들이 정호의 몸과 의자를 일으켜 세웠다.

"자, 이제 작별의 시간이야."

한경수가 손을 뻗었다.

검은 양복의 사내들 중 하나가 한경수에게 반짝이는 금속 물체를 건넸다.

찰칵.

"이 날을 기념하기 위해서 어렵게 구한 거야."

권총이었다.

권총이 정호를 향해 겨눠졌다.

한경수는 정호에게 작별 인사를 건넸다.

"잘 가라."

탕!

◇ ◆ ◇

한경수가 방아쇠를 당긴다.

탕! 소리와 함께 총알이 발사된다.

그런데 총알이 빠르지 않다.

정호는 의아하다.

'이게 무슨 일이지……? 죽을 때가 되면 시간이 느려진다더니 그게 사실인가……?'

총알은 느리지만 생각은 여전히 빠르다.

여전히 빠르고 복잡하다.

생각이란 놈은 언제나 그렇다.

'모두 나의 잘못이다……. 주변을 돌보지 않고 성공을 위해서 다른 사람들의 인생을 무시했던 전부 나의 잘못인 거다……. 이건 벌을 받는 거다……. 그래, 이건 벌이다…….'

정호는 후회한다.

하지만 그건 이미 늦은 후회다.

'미안하다, 봉팔아…… 너는 나 때문에 죽었는데 나는 네가 지금 이 순간까지 진정한 친구인지조차 알지 못했다…….'

총알이 점점 정호의 이마에 가까워진다.

그때 갑자기 하나의 목소리가 끼어든다.

느려진 주변과는 다르게 적당한 속도로 또렷하게 목소리

가 울려 퍼진다.

—시간을 결제하시겠습니까?

'응……? 이게 뭐지……?'

—시간을 결제하시겠습니까?

'그게 뭔데……? 결제를 하면 뭐가 좋은 건데……?'

—시간을 결제하시겠습니까?

'결제가 뭔데……!'

—시간을 결제하시겠습니까?

'한다……! 뭔지 모르겠지만 그냥 해봐……!'

—결제되었습니다. 당신이 원하는 시간을 얻습니다.

띠링.

알림음과 함께 정호의 눈앞에 글자가 떠오른다.

[결제한 포인트 : 7,884,000 / 남은 포인트 : 120]

눈앞이 어지러웠다.

술에 취해 안개 속을 달리는 기분이었다.

그때 정호의 정신을 일깨우는 혀 꼬인 소리가 들려왔다.

"한 좌안만 조워어. 따악 한 좌안만 마시께."

정호는 목소리의 주인공이 누군지 깨닫고 놀라 잽싸게 고개를 들었다.

"봉팔아!"

그랬다.

정호의 앞에 있는 것은 민봉팔이었다.

자신의 욕심으로 인해 죽은 줄로만 알았던 유일한 친구 민봉팔.

◇ ◆ ◇

정호는 너무나 반가워 민봉팔을 와락 껴안았다.

"살아 있었구나! 살아 있었어, 이 자식!"

"에, 무어야? 왜 그뤠 정흐오야? 나야 당연히 살아 이찌. 겨후 이 정도로오 내에가 취할 뤼 업차나."

정호는 뭔가 이상해서 포옹을 풀며 민봉팔의 상태를 확인했다.

완전 맛이 가 있었다.

"뭐야? 너 왜 이렇게 취했어? 그 자식이 너를……!"

"취하긴 머얼 취해에. 네가 준 술을 아아아주 쪼오끔 마셨을 뿐인데."

정호는 위화감을 느끼고 주변을 살폈다.

'어라? 이게 뭐지……? 왠지 익숙한 이 느낌은……?'

화려하고 고급스러운 조명.

멋지게 수트를 차려 입은 잘생긴 남자들과 아름답게 화창한 드레스 차림의 여자들.

'어디지? 파티장인가? 근데 여기가 어디더라……?'

비틀거리며 몸을 가누지 못하는 민봉팔에게 정호가 물었다.

"봉팔아, 여기가 어디냐?"

"오디이긴 오디이야. 긴고빙 씨 소앵일파티장이디."

"긴고빙?"

"아―아니. 긴교빙."

"긴교빙?"

"아―아니. 기―임, 교―오, 비―인."

"김교빈?"

"어어어."

정호는 혼란스러웠다.

김교빈이라면 약 10년 전에 잠정적으로 은퇴를 선언한 어느 배우의 이름이었다.

말이 좋아서 잠정적 은퇴지, 사실은 아주 더러운 사건의 주동자로 밝혀져 해당 소속사 측에서 급하게 정리한 악질 배우였다.

'근데 김교빈의 생일 파티에 내가 어째서…… 난 분명 한경수에게 잡혀와 총을 맞았…….'

생각에 빠져 있던 정호의 눈에 색다르게 들어오는 것이 있었다.

바로 민봉팔의 피부였다.

젊었다.

정호를 따라다니며 갖은 고생을 하느라 나이보다 빨리

늙었던 민봉팔의 얼굴이 탱탱했다.

마치 십수 년 전처럼.

'잠깐? 십수 년 전?'

뭔가가 머릿속에 떠오른 정호는 서둘러 민봉팔에게 물었다.

"봉팔아, 너 몇 살이냐? 오늘 몇 월 며칠이냐? 뭐 하는 날이냐?"

"우어어?"

정호는 완전히 맛이 간 민봉팔의 눈을 보며 심호흡했다.

아무리 급해도 이렇게 취한 사람에게는 한 번에 하나씩 물어보는 게 나았다.

"너 몇 살이냐?"

"스멀여더얼."

"스물여덟?"

"어어."

정호가 속으로 이럴 수가, 하며 놀랐다.

민봉팔이 스물여덟 살이라면 15년 전이 확실했다.

"설마 그럼 회귀를 한 거라고? 잠깐……. 15년 전? 파티장?"

정호가 놀라서 속으로 할 말을 입 밖으로 꺼냈을 때 어디선가 비명이 들려왔다.

까아아악!

"우어어?"

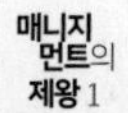

어리둥절해하는 민봉팔을 두고 정호가 비명이 난 곳을 향해 달렸다.

"무슨 일이에요?"

"여자가…… 어떤 여자가……."

그곳에는 정호가 우려하던 일이 이미 발생한 후였다.

매니지
먼트의
제왕

2장. 몰락은 없다

15년 전.

4월 7일, 밤 10시 56분.

사건 하나가 발생했다.

신인 여배우가 한 연예인의 생일 파티장에서 알몸으로 기절한 채 발견된 사건이었다.

짧은 기간이지만 이 사건은 대한민국을 들썩이게 했고 그 결과 그 여배우는 재능의 꽃도 피워 보지 못하고 져버려야 했다.

여배우의 이름은 강여운.

정호와 민봉팔이 담당한 첫 번째 연예인이었다.

사건이 터진 것은 정호와 민봉팔이 입사한 지 한 달이 되던 날이었다.

그날 단 하나뿐이었던 TV 광고의 단역 출연 스케줄을 끝내고 사수였던 정 실장이 정호와 민봉팔에게 다가왔다.

"민훈이 알지? 민훈이가 해외 촬영을 가야 하는데 유 실장이 갑자기 몸이 안 좋다네. 너희 여운이 데려다 줄 수 있지?"

한 달 동안 스케줄도 없는 배우를 따라다니며 끊임없이 잔소리를 들어야 했던 두 사람이었다.

두 사람은 자유의 기쁨을 감추며 잽싸게 대답했다.

"네!"

"네!"

그런 두 사람을 정 실장이 못마땅하다는 눈빛으로 쳐다봤다.

"조심히 데려다줘라. 일 생기면 꼭 연락하고."

정 실장이 그렇게 떠났고 두 신입 매니저는 정 실장의 말대로 강여운을 바로 집에 데려다 주려고 했다.

그때 뭔가 머뭇거리던 기색의 강여운이 정호에게 말을 걸었다.

"오빠들…… 나 사실…… 가 보고 싶은 데가 있는데…… 실은 아까 광고 촬영하면서 교빈 오빠가 초대장이라고……."

두 신입 매니저는 공공연하게 떠도는 김교빈에 대한 더러운 소문을 알지 못했다.

오히려 유명 연예인의 생일 파티에 참석해볼 수 있다는 사실에 흥분하여 상황을 제대로 파악할 생각조차 하지 못했다.

부탁을 들어주지 말았어야 했다.

부탁을 들어줬어도 술은 마시지 말았어야 했다.

생일 파티가 시작되고 한 시간이 넘는 시간 동안 강여운은 두 사람을 졸졸 따라다녔다.

문제가 일어날 기미가 없었다.

그게 정호의 긴장을 풀게 만들었다.

더불어 민봉팔도 긴장을 풀었다.

정호는 갑자기 장난을 치고 싶었다.

휘황찬란한 조명 아래, 화려한 남녀들 사이에서 자신만 지루하게 파티를 구경만 하고 싶지 않았다.

평소 술이 약한 민봉팔에게 술을 먹이는 장난을 친 것은 최악의 실수였다.

정호는 취한 민봉팔을 신경 쓰느라 정작 신경을 써야 했던 강여운을 시야에서 놓치고 말았다.

그렇게 사건이 벌어질 무대가 마련됐다.

'강여운은 결국 김교빈에게 몹쓸 짓을 당했지. 그 결과, 강여운의 배우 인생은 완벽하게 망가졌고…… 하지만 오늘 벌어진 일 중에 최악의 일은 그날 내가 봉팔이에게 모든 책임을 떠넘겼다는 거였어…….'

경찰이 출동한 생일 파티장에서 정호는 씁쓸하게 웃었다.

민봉팔을 바라보니 아직도 술에 취해서 상황을 파악하지 못한 채 비틀거리고 있었다.

'저러니 내가 나쁜 마음을 먹고 모든 책임을 떠넘겼지.'

민봉팔은 이날의 사태를 책임지고 퇴사했다.

2년 후 거의 폐인이 되다시피 한 민봉팔을 실장이 된 정호가 다시 회사로 불러들였지만, 만약 정호가 책임을 떠넘기지 않았다면 민봉팔은 더 괜찮은 인생을 살았을 것이다.

돌이켜보면 민봉팔의 능력은 매니저로서도 나쁘지 않았다.

정호의 뒷바라지를 하느라 이후에도 자신의 능력을 마음껏 펼쳐 보이지 못했지만.

"매니저 오정호 씨 되십니까?"

인상이 강한 형사가 정호에게 다가왔다.

"네. 제가 오정호입니다."

"몇 가지만 묻겠습니다."

정호는 형사에게 성심성의껏 대답을 해줬다.

예전에는 잘못이 돌아올까 전전긍긍하며 자신에게 유리하게 사건의 내용을 각색했지만 이번에는 그러지 않았다.

"……그러니 결국 제 잘못입니다. 저 친구를 취하게 한 것도 제 장난기 때문이었어요."

고개 숙여 잘못을 사죄하는 정호가 안타까웠는지 형사가 위로의 말을 건넸다.

"오정호 씨의 잘못이겠습니까? 잘못은 사람을 저 지경으로 만든 놈들에게 있는 거죠."

꽤나 마음씨가 좋은 형사였다.

하지만 이 형사는 범인을 제대로 밝혀내지 못하게 될 것이다.

왜냐하면 대형 기획사에 소속된 김교빈이 압력을 넣어 수사 자체를 휴지 조각으로 만들 테니까.

"일단 여기까지 하죠. 추가적인 조사를 위해서 또 연락을 드리게 될 겁니다."

연락은 나중에도 오지 않았다.

이미 알고 있지만 그 부분을 정호는 지적하지 않았다.

"수고하세요. 나중에 뵙죠."

급한 일은 따로 있었다.

정호는 돌아서서 취해 있는 민봉팔에게 다가갔다.

"봉팔아, 괜찮냐?"

"우어어? 저엉호?"

"응. 나 정호다."

"저엉호야. 술. 술 조옴 더 줘어."

정호가 취해 있는 민봉팔을 보며 웃었다.

"그만 마셔. 더 마셔봐야 너한테 유리할 거 하나도 없어."

정호의 말을 듣지 못하고 민봉팔은 잠이 들었는지 코를 골기 시작했다.

“이번에는 내가 지켜줄게. 걱정 마. 내가 다 미안했다.”

잠이 든 민봉팔을 향해서 정호가 중얼거렸다.

그랬다.

정호가 신경 쓰는 것은 오로지 민봉팔뿐이었다.

이 회귀가 어떻게 이뤄진 것인지는 알 수 없지만 이번 생에서는 자신이 민봉팔 대신에 죄를 뒤집어쓸 생각이었다.

그것만이 민봉팔한테 사죄할 수 있는 유일한 방법이었다.

‘이제 곧 전화가 올 거다.’

지이잉. 지이잉.

기다렸다는 듯이 전화가 왔다.

휴대 전화 화면을 확인해 보니 역시나 정 실장이었다.

‘변명할 말은 없다. 정면 돌파다.’

정호가 심호흡을 하며 전화를 받으려고 했다.

하지만 그러지 못했다.

갑자기 들려온 목소리 때문에.

—시간을 결제하시겠습니까?

◇ ◆ ◇

—결제되었습니다. 당신이 원하는 시간을 얻습니다.

[결제한 포인트 : 120 / 남은 포인트 : 0]

감은 눈을 떴더니 민봉팔의 목소리가 들렸다.

"진짜 마셔? 진짜 마셔도 돼?"

정호는 서둘러 민봉팔의 상태를 살펴봤다.

민봉팔의 상태는 멀쩡했다.

'된 건가? 정말 두 시간 전으로 돌아온 건가?'

정 실장의 전화를 받으려고 하던 찰나 이런 생각이 들었다.

'딱 두 시간만 더 빨리 회귀했다면 지금의 상황을 바꿀 수 있었을 텐데…….'

이런 정호의 생각에 화답하듯 목소리가 들려왔다.

—시간을 결제하시겠습니까?

'설마…….'

—시간을 결제하시겠습니까?

'무, 물론이지. 결제하겠다!'

정호가 속으로 소리치자 세상이 갑자기 느려졌고 눈앞이 깜깜해졌다.

그런 뒤 다시 밝아지니 지금의 상황.

"나 진짜 이거 마셔도 되는 거냐고."

다시 민봉팔이 물었지만 정호는 대답하지 않았다.

대신 휴대 전화를 꺼내 시간을 확인했다.

'역시 두 시간이 앞당겨졌어! 120포인트가 0포인트로 바뀌었으니 1포인트는 1분인 건가?'

확실히 첫 번째 회귀 전 7백만 포인트 어쩌고저쩌고 했던 걸 들은 것도 같았다.

'아니지. 지금은 이런 생각을 할 때가 아니다.'

정호가 정신을 차리고 민봉팔에게 물었다.

"봉팔아, 너 취했냐?"

"무슨 소리야. 나 아직 술 안 마셨어. 이거 근데 진짜 마셔도 돼? 안 되지 않을까?"

"어. 안 돼."

단호하게 대답하며 정호는 주변을 둘러봤다.

민봉팔이 입맛을 다시며 잔을 내려놨지만 정호는 그 모습을 확인조차 하지 않았다.

자신이 아는 민봉팔이라면 자신이 하라는 대로 할 게 분명했다.

주변을 둘러보던 정호는 뭔가를 발견하고 속으로 소리를 질렀다.

'저기 있다!'

정호의 시선이 향한 곳에는 강여운과 김교빈이 대화를 나누고 있었다.

◇ ◆ ◇

"여운아. 아, 이렇게 불러도 되지? 여운이라고."

"네. 말 편하게 하세요, 오빠."

"하하하, 그래. 오늘 정말 반갑다. 내 후배 중에 이렇게 연기 잘하는 친구가 있는지 오늘에서야 알게 된 게 정말 아쉬울 정도야. 한 잔 받을래?"

김교빈이 미리 준비된 잔에 술을 따랐다.

잔에는 이미 투명한 수면제가 깔려 있었다.

효과가 나타나기까지는 시간이 좀 걸리지만 의심을 피하며 작업을 하는 데 이보다 좋은 수면제는 없었다.

"자, 한 잔 쭉 들이켜 보자."

김교빈이 속으로 웃으며 강여운에게 수면제가 든 잔을 건넸다.

'흐흐흐. 오랜만에 재미 좀 보겠군.'

하지만 그때 손 하나 튀어나와 수면제를 탄 술잔을 낚아챘다.

"어머!"

"뭐야!"

잔을 낚아챈 손의 주인은 정호였다.

"안녕하세요. 저는 강여운 양의 매니저 오정호입니다. 아까 낮에 인사드렸죠?"

물론 알고 있었다.

한쪽에서 초짜 매니저 둘이 시시덕거리느라 정신이 팔린 상황도 파악하고 있었다.

김교빈의 입장에서 언제나 거사를 방해하는 건 매니저란 놈들이었다.

'뭐지, 이 새끼? 아까랑 눈빛이 다른데?'

김교빈은 이를 바득, 갈고 싶었지만 참았다.

대신 이미지를 위해 표정 관리를 하며 정호를 향해 말했다.

"압니다. 알고 있지요. 근데 이게 무슨 무례입니까?"

"무례요? 오히려 신인 여배우에게 이런 식으로 술을 먹이는 게 무례 아닙니까?"

"저, 정호 오빠 그만해. 이쪽은 교빈 오빠잖아. 김교빈."

강여운은 자신의 매니저가 탑급 배우에게 함부로 하는 게 당황스러웠다.

하지만 정호는 그런 강여운의 반응에도 아랑곳하지 않았다.

"그만하긴 뭘 그만해. 저기요, 김교빈 씨. 여기에 뭐가 들어 있나요?"

"뭐, 뭐요?"

김교빈이 당황했다.

'이 자식 어떻게 아는 거지? 소문이 이런 꼬맹이들한테까지 돈 건가?'

그래도 김교빈은 연기자였다.

금방 침착한 표정을 되찾으며 정호에게 대답했다.

"후배를 위한 건배주가 들어 있죠."

정호가 비릿하게 웃었다.

"그렇군요. 근데 오늘은 김교빈 씨 생일이 아니던가요? 건배주는 김교빈 씨가 마셔야지요. 어때요? 마시겠습니까?"

정호가 김교빈에게 잔을 건네며 물었다.

"예, 예? 아뇨, 전 괜찮습니다."

"왜요?"

"제 잔이 있거든요."

"이렇게 기쁜 날에 한 잔으로 되겠습니까? 이 잔도 마시지요."

"아, 아뇨. 술은 한 잔이면 충분합니다. 내일 스케줄이 있거든요. 하하하."

겉으로는 웃고 있지만 김교빈은 속으로 몇 십 번이나 이를 바득, 갈았다.

'이 자식, 전부 알고 있다. 안 되겠어. 자리를 피해야겠어.'

김교빈이 자리에서 일어나며 다시 연기를 했다.

이번에는 마음씨 좋은 선배의 얼굴이었다.

"아아, 여기 오 매니저가 너를 무척이나 아끼는구나. 아쉽게도 건배주는 다음에 마셔야겠어."

"앗, 교빈 오빠."

"그래, 그래. 네 맘 알아. 미안해할 거 없어. 술은 다음에도 마실 수 있는 거니깐. 그럼 다음에 보자."

김교빈이 사라지자 강여운이 도끼눈을 떴다.

"오빠!"

"응. 여운아."

"오빠, 이게 무슨 짓이에요. 저 사람이 누군지 몰라서 그래요? 탑급 배우 김교빈이라고요. 〈황금 시대〉, 〈프라하의 첫사랑〉으로 맹활약한 김교빈! 조금만 더 하면……."

정호는 김교빈이 어떤 말로 강여운을 꼬드겼을지가 눈에 훤했다.

"왜? 너한테 좋은 배역이라도 준다고 했어? 요즘 새로 들어간 드라마가 있다고?"

"그, 그걸 오빠가 어떻게……."

"다 들었어."

"들었다고요? 근데 왜 그랬어요! 이게 나한테 어떤 기회……."

"네 얘기 말고 이 파티장에서 어떤 사람들의 얘기를 들었다고."

정호는 우연히 들은 척 김교빈과 관련된 더러운 소문과 수법에 대해서 일부 털어놨다.

애초에 알고 있었다고 하면 이 파티장을 온 것에 대한 변명거리 자체가 사라졌다.

"그게 정말이에요? 탑급 배우 김교빈이 어떻게……."

"나도 한 달 차라서 잘 모르지만 정 실장님이 그동안 늘 하셨던 말씀이 있어. '연예계란 가장 화려하면서도 가장 추악하다.' 라고."

신뢰감을 주기 위해서 정호는 어디선가 들어본 말을 정

실장의 말인 것처럼 각색해서 들려줬다.

“교빈 오빠가 진짜 나한테 그런 짓을 했을까요……?”

여전히 강여운은 지금의 상황이 믿기지 않는 모양이었다.

정호는 어쩔 수 없이 거짓말을 덧붙여서 쐐기를 박았다.

원래대로라면 벌어질 일이었으니 딱히 거짓말도 아니었다.

“김교빈이 잔에다가 하얀 가루를 타는 걸 봤어.”

“아….”

“수면제였겠지. 내가 잔을 뺏은 건 그런 이유 때문이었고.”

이제야 순진한 신인 여배우가 정신을 차린 모양이었다.

그때 알림과 함께 목소리가 울렸다.

띠링.

—신뢰 포인트를 40 획득했습니다.

‘뭐? 신뢰 포인트? 시간을 결제할 수 있는 포인트의 정체가 신뢰 포인트였어?’

정호가 놀라서 고민에 빠져 있는데 민봉팔의 목소리가 들려왔다.

“여기 있었구나? 한참 찾았네. 근데 분위기가 왜 그래……? 무슨 일 있어?”

확실히 눈치가 아예 없는 녀석은 아니었다.

“봉팔아, 운전할 수 있지?”

“그야 물론이지. 술은 한 잔도 마시지 않았으니까.”

"그럼 어서 나가자."

정호와 민봉팔은 강여운을 데리고 서둘러 지하 주차장으로 갔다.

직접 운전을 할 수도 있었지만 자신의 기억이 맞다면 민봉팔에게 술을 권유하기 전에 자기가 먼저 두 잔 정도 술을 마신 상태였다.

정호가 민봉팔에게 운전을 부탁한 것은 그런 이유 때문이었다.

민봉팔이 운전대를 잡고 물었다.

"어디로 가?"

"어디긴. 여운이네 집이지. 우린 가는 길에 여운이가 졸라서 우동을 먹이고 바로 여운이네 집으로 간 거다. 두 사람 다 알겠어?"

민봉팔이 "어. 그래, 알겠어."라고 대답했고 강여운은 아까의 충격이 가시지 않았는지 멍한 표정으로 고개를 끄덕였다.

"여운아, 너무 걱정하지 마. 앞으로도 이런 일이 있으면 아까처럼 나랑 봉팔이가 너를 지켜줄 거야."

정호의 진심이 전해졌는지 강여운이 희미하게 웃어 보이며 대꾸했다.

"고마워요, 오빠."

띠링.

—신뢰 포인트를 10 획득했습니다.

정호는 역시, 하고 생각하며 민봉팔을 재촉했다.

"어서 출발해."

민봉팔은 현재의 상황이 궁금한 눈치였지만 아무 말 없이 자동차를 출발시켰다.

강여운이 집으로 들어가는 걸 확인하고 정호는 정 실장에게 전화를 걸었다.

"여운이가 실장님 몰래 우동을 사달라고 하도 졸라서 사주고 들어가느라 좀 늦었습니다. 그리고 지금 여운이 들어가는 거 확인했어요."

"걔도 젊은 나이에 답답했겠지. 잘했다, 수고했어. 나도 곧 비행기가 뜰 것 같다."

다행히 정 실장은 별다른 의심을 하지 않는 것 같았다.

오히려 정호에 대한 신뢰가 높아진 모양이었다.

띠링.

—신뢰 포인트를 5 획득했습니다.

정호가 전화를 끊으며 생각했다.

'포인트를 이런 식으로 쌓는 거군.'

하지만 생각은 길게 이어지지 못했다.

민봉팔이 궁금증을 참지 못하고 정호를 닦달했다.

"정호야. 아까 무슨 일이 있었던 거야? 무슨 일이 있었기에 그렇게 심각한 표정이었던 거야?"

정호는 웃으며 민봉팔의 궁금증을 해결해줬다.

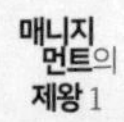

딱히 말 못 할 얘기는 아니었고 오히려 민봉팔도 알아야 하는 사실이었다.

"와, 진짜 큰일 날 뻔했다. 정호야. 고생했어. 덕분에 살았다."

띠링.

—신뢰 포인트를 80 획득했습니다.

정호는 점차 쌓여가는 포인트를 확인하며 생각했다.

'쓴 포인트는 120인데 얻은 포인트는 135나 되는군. 적절히 사용하는 게 여러모로 이득인 걸까.'

사건의 당사자도 아닌데 엄청난 포인트를 안겨준 민봉팔을 보며 정호가 말했다.

"고맙긴 내가 더 고맙지."

"응?"

"아니야. 집에 가서 쉬자. 봉팔아, 출발하자."

"예! 모시겠습니다! 오늘의 영웅 오정호 씨!"

민봉팔은 장난스럽게 말을 받으며 차를 출발시켰다.

정호는 그런 민봉팔을 미소를 띤 채 쳐다봤다.

정호의 새로운 인생이 그렇게 시작됐다.

3장. 바뀌어 버린 미래

정호는 하루 쉬었고 다음 날 출근했다.

원래라면 강여운 사건으로 회사가 뒤집어졌겠지만 정호가 미래를 바꿔 버린 탓에 회사는 평화로웠다.

심지어 오늘은 회의가 있었다.

강여운의 차기작 오디션을 고르는 회의였다.

몇몇 소속사에서는 하나만 얻어 걸려라, 라는 심정으로 신인 배우에게 아무 오디션이나 보게 하기도 했지만 정호의 회사 청월 엔터테인먼트는 다른 방식으로 접근했다.

배우에게 어울리는 작품을 고르고 그 작품의 오디션에 맞춰서 연기를 준비하는 방식이었다.

좋게 말하면 신중한 방식이었고 나쁘게 말하면 다소

보수적인 방식이었다.

그런 까닭에 정호는 과연 이런 방식이 효과가 있을까 의문이 들었던 적도 있었다.

하지만 이 방식은 정호가 대표이던 시절까지 이어져 청월을 성공시키는 데 그 역할을 톡톡히 해냈다.

정호는 회의실이 있는 회사 건물의 2층으로 향하며 생각했다.

'회의라…… 잘만 하면 뭔가 해낼 수 있겠는데?'

단 하루뿐이었지만 정호는 쉬면서 자신이 처한 상황을 어느 정도 정리한 상태였다.

'이건 기회다……. 복수의 기회!'

마음 같아서는 당장 한경수에게 찾아가 복수를 하고 싶었지만 그럴 수 없었다.

한경수는 우리나라에서 세 손가락에 꼽히는 대기업 회장의 손자였다.

그런 까닭에 이미 어느 정도의 힘과 권력을 손에 쥐고 있는 상태였다.

지금 무작정 한경수에게 덤비는 것은 자살행위나 다름없었다.

'방법은 따로 없다. 예전보다 빠르게 성장하는 것……. 빠르게 성장해서 더 큰 힘과 권력을 쥐는 것……. 이것뿐이다.'

웬만하면 어떤 수단도 가리지 않을 생각이었다.

자신만이 가지고 있는 15년간 축적된 정보만이 아니라 불확실성에도 불구하고 시간을 결제할 수 있다는 이점까지도 활용할 계획이었다.

'그러나 빠른 성공을 위해서 예전처럼 추악해지지는 않을 것이다……. 적어도 내 사람만큼은 지키자!'

이런 능력을 어떻게 얻게 된 것인지는 모르겠지만 적어도 이것만은 분명했다.

15년이라는 시간을 회귀하기 위해서는 신뢰 포인트가 필요하다는 것.

누군가가 정호에게 15년 치의 신뢰 포인트를 주었다는 것.

결론은 민봉팔.

모든 신뢰 포인트가 민봉팔에게서 나온 것은 아니겠지만, 대부분의 신뢰 포인트는 민봉팔에서 나왔을 것이 분명했다.

민봉팔이 아니라면 진정으로 정호를 믿어줄 사람은 없었다.

'나를 살린 봉팔이를 지키자. 아니, 봉팔이의 삶을 이전보다 행복하게 만들어 주자. 또 나를 신뢰해줄 사람을 만들자.'

신뢰를 지키고 키워 나가며 더 빠른 성장을 하는 것.

이게 쉬는 동안 이번 생에서 설정한 정호의 목표였다.

그런 까닭에 이 회의는 정호에게도 의미가 있었다.

'내가 가진 미래의 정보를 활용하여 작품만 잘 고른다면 강여운은 금방 스타가 될 수 있어. 이번 일부터 차근차근 시작하자.'

다만 문제는 신입 로드 매니저에게는 발언권이 많이 주어지지 않는다는 점이었다.

"자, 서둘러 시작하자. 점심 전에는 회의를 끝내야지."

정 실장이 그렇게 회의의 시작을 알렸다.

회의실에는 정 실장을 비롯하여 정호, 민봉팔, 강여운, 홍보팀장, 기획팀장 및 기획팀 사원 한 명이 들어와 있었다.

혹시 아직 마음을 추스르지 못한 걸까 싶어서 정호는 강여운의 상태를 살짝 확인해봤다.

다행히 나쁘지 않은 것 같았다.

자신을 픽업해 회의실로 데려온 민봉팔과 가볍게 농담을 섞어서 대화를 하는 폼이 오히려 평소보다 컨디션이 좋아 보였다.

'봉팔이 녀석이 저런 걸 잘했지……. 남 기분 맞춰 주는 거.'

김교빈 사건이 발생하지 않은 나비 효과인지 민봉팔의 장점이 예전보다 빨리 드러나는 모양이었다.

정호가 생각에 빠져 있을 때 중년 여성이 입을 열었다.

황 팀장이었다.

“이건 작가가 별로인데? 정 실장은 어때?”

“얘를 아직도 쓰는 사람이 있단 말이야? 수준하고는 참……. 피디 누구냐? 얼씨구 백 피디? 버리자, 버려. 눈 버린다.”

회의를 주도하는 것은 정 실장과 기획팀의 황미나 팀장이었다.

두 사람은 주거니 받거니 하며 작품을 빠르게 추려 나갔다.

이의를 제기하는 사람은 없었다.

위치도 위치지만 무엇보다도 두 사람은 이 일에 능숙한 전문가였다.

정호가 보기에도 두 사람의 방식은 논리적이고 설득력이 있었다.

예를 들어 방금 추려진 백 피디는 최근 몇 년간 매번 막장 드라마를 연출했음에도 불구하고 약간의 흥행조차 얻지 못하고 있었다.

백 피디가 보내온 메인 작가 작품도 비슷한 맥락으로 유명했고.

“이 정도면 되려나?”

“응. 이게 딱 좋을 것 같다.”

추려지고 남은 작품은 세 작품이었다.

〈간다, 문미정!〉, 〈석촌연가〉, 〈내 사랑 티라미수〉.

"다들 쉬면서 대본 읽어왔지? 나는 〈간다, 문미정!〉이 제일 좋더라. 연출도 잔뼈 굵은 장 피디고 메인 작가의 작품도 크게 망한 건 없었고. 무엇보다 일일드라마가 노출면에서 좋잖아. 편수가 쌓일수록 배우 수입에도 도움이 되고."

정 실장을 시작으로 각자 자신의 의견을 밝히며 한 작품씩 고르기 시작했다.

근소하게 〈간다, 문미정!〉을 선택하는 사람들이 더 많았지만 〈내 사랑 티라미수〉의 기세도 만만찮았다.

웹툰을 드라마로 각색한 〈내 사랑 티라미수〉는 연출력을 인정받은 젊은 피디가 야심차게 준비를 하고 있다는 점에서 점수를 얻었다.

대본도 무척이나 잘 빠진 편이었다.

"막내들 생각도 들어볼까? 봉팔이."

〈간다, 문미정!〉이 3표, 〈내 사랑 티라미수〉가 2표인 상태에서 민봉팔이 발언권을 얻었다.

"아…… 저는 〈내 사랑 티라미수〉가 좋을 것 같아요……. 대본을 읽어 보니 톡톡 튀는 분위기가 딱 여운이한테 어울릴 것 같더라고요……."

민봉팔의 더듬거리는 말을 정 실장이 재치 있게 받았다.

"하긴 우리 여운이의 똥꼬발랄 백치미가 매력 포인트이긴 하지."

"오빠!"

"칭찬한 거야, 칭찬. 이번에는 늘 진지한 진지파 매니저 정호."

정 실장의 말에 정호가 피식 웃었다.

이때만 해도 정호는 사회 초년생이라는 이유로 얕보이지 않기 위해서 늘 약간씩 인상을 쓰고 다녔는데 그걸 정 실장이 콕 집어서 놀린 것이었다.

빨리 회사에 적응하라는 정 실장 스타일의 배려였다.

"오! 우리 진지파 막내가 웃을 줄도 알았네. 그래서 어떤 작품?"

두 작품이 나란히 3표씩 얻은 상태.

정호의 결정이 중요해진 상황이었지만 정호는 별 긴장감 없이 말했다.

"저도 〈내 사랑 티라미수〉가 좋습니다."

"역시 너도 여운이의 똥꼬발랄 백치미에 반한 거냐?"

"오, 오빠!"

강여운이 민봉팔 때보다 더 격렬하게 말까지 더듬으며 소리를 질렀지만 정호는 아랑곳하지 않고 자신의 의견을 개진했다.

"생기 있는 여운이의 이미지가 이 드라마에 잘 맞는 것도 한 가지 이유지만, 저는 그보다 작가에 주목하고 싶습니다."

"엥? 작가에?"

황 팀장이 바로 부정적인 뉘앙스로 대꾸했다.

〈내 사랑 티라미수〉의 작가는 지금까지 어떤 결과물도 보인 적 없는 신인이었으니 그럴 수밖에 없었다.

오히려 〈내 사랑 티라미수〉의 작가는 장점이 아니라 단점에 속하는 요소였다.

"정호가 생각 없이 말했겠어? 얘기 계속 들어보자."

정 실장이 그래도 자기 새끼라고 편을 들어줬다.

"뭐, 얘기를 듣는다고 귀가 닳는 것도 아니니깐. 이유가 뭐야?"

황 팀장도 얘기나 들어 보자는 태도였다.

정호의 입장에서는 내심 다행스러운 상황이었다.

막내라고 의견을 무시해도 지금 당장은 할 말이 없었다.

정호는 마음을 가다듬고 현재까지는 아주 극소수의 몇몇 사람들만이 아는 정보를 털어놓았다.

"제가 아는 형 중에 웹툰 쪽에서 활동하는 형이 있습니다. 그 형한테 우연히 전해들은 정보에 따르면…… 이 웹툰 작가와 드라마 메인 작가는 동일 인물이라고 합니다."

"그게 정말이야?"

회의실 모두가 생각하지 못한 고급 정보에 놀랐다.

하지만 이번에는 정 실장이 부정적인 의견을 내놓았다.

"그건 오히려 위험 요소 아니야? 원작자가 드라마나 영화에 도전해 성공하는 경우는 손에 꼽히잖아."

모두가 고개를 끄덕였다.

맞는 말이었다.

장르에 대한 이해도가 낮은 원작자가 무리해서 드라마나 영화에 도전해서 성공할 확률은 희박했다.

그럼에도 불구하고 정호는 이대로 물러날 생각이 없었다.

"보통이라면 그렇죠. 하지만 아직 말씀드리지 않은 정보가 한 가지 있습니다."

"그게 뭔데?"

"메인 작가가 드라마 아카데미를 수료하고 일이 없어서 웹툰 작가로 전향한 케이스라는 사실입니다."

또 다른 고급 정보에 황 팀장이 놀라며 말했다.

"오~ 이 정도면 결정 난 것 같은데?"

어차피 작품은 4표를 획득한 〈내 사랑 티라미수〉로 결정될 가능성이 높은 상태였다.

그 상황에서 정호가 몇 가지 고급 정보를 던져주자 단숨에 작품은 〈내 사랑 티라미수〉로 확정됐다.

"그럼 배역은 뭐가 좋을까? 역시 해민주겠지?"

해민주는 삼각관계의 한 축을 담당하는 주연급 배역으로 생기발랄함으로 승부한다는 점에서 분명 강여운에게 어울렸다.

그렇기 때문인지 모두가 해민주를 목표로 오디션을 준비해야 한다는 의견에 동의했다.

단 한 사람만 빼고.

"해민주보다는…… 다른 역할이 좋을 것 같습니다."

정호가 입을 열자 모두의 시선이 정호에게 향했다.

"어이구. 우리 막내가 배역까지 정해 주려고?"

확실히 무리한 상황이었다.

정호는 겨우 한 달 차 신입이었다.

그건 전혀 전문성이 입증되지 않았다는 소리였다.

아까 정보를 전달하면서도 아는 형을 운운한 것은 그런 이유 때문이었다.

하지만 어쩔 수 없는 상황이었다.

해민주를 목표로 준비한다면 오디션에서 떨어질 확률은 100퍼센트였다.

'휴…… 어쩌다가 이렇게 된 거지…….'

◇ ◆ ◇

원래 정호는 이렇게까지 나설 생각이 아니었다.

어떻게든 자신이 어느 정도 논리적으로 의견을 피력할 줄 안다는 점만 보여줄 생각이었다.

한 달 차 신입으로서는 그것만으로도 충분했다.

그런데 일이 그렇게 간단하게 돌아가지 않았다.

무엇보다 선정된 작품이 최악이었다.

〈간다, 문미정!〉과 〈석촌연가〉는 시청률 폭망으로 조기 종영의 길을 걷는 작품이었다.

이걸 선택하는 것만은 어떻게든 막아야 했다.

그나마 좋은 결과를 내는 작품이 〈내 사랑 티라미수〉였지만, 앞선 두 작품에 비해 낫다는 것이지, 〈내 사랑 티라미수〉 또한 만만찮았다.

흥행에는 성공하지만 여러모로 말이 많은 작품이었다.

그중에서 가장 핵심적인 문제는 캐스팅에 관한 것이었다.

연출 능력은 인정받았지만 사회 경험이 적었던 젊은 피디는 남자 주인공 역의 캐스팅에 난항을 겪고 있었고 그때 손을 내민 것이 케스타라는 소속사였다.

케스타는 간판급 스타를 남자 주인공으로 출연시키는 대신에 해민주 역할에 소속사의 신인 여배우를 써달라고 요청했다.

젊은 피디는 남자 주인공의 이름값에 홀려서 덥석 이 조건을 받아들였고 그게 패착이었다.

삼각관계의 한 축을 맡아야 하는 그 신인 여배우의 연기력이 개차반이었던 것이다.

웹툰의 원작 팬들은 1화 방송을 보고 엄청난 분노를 느끼며 저주를 퍼붓기 시작했다.

뒤늦게 수습하려고 했지만 수습은 되지 않았다.

그때 드라마를 살린 것이 홍단비라는 캐릭터였다.

웹툰에서는 비중이 크지만 드라마로 각색되면서 비중이 낮아진 이 캐릭터는 드라마를 살려보겠다는 피디와 작가의 일념으로 되살아났다.

그 결과 홍단비라는 캐릭터는 〈내 사랑 티라미수〉의 시청률을 하드 캐리했다.

홍단비의 인기는 대단해서 드라마 종영 이후에도 '홍캐리' 라는 이름으로 온라인을 떠들썩하게 만들었다.

'〈간다, 문미정!〉과 〈석촌연가〉는 절대 안 돼. 미래를 아는 내 능력이라면 다음 드라마로 강여운을 띄울 수는 있겠지만 시간이 너무 지체된다.'

정호가 〈내 사랑 티라미수〉을 추천한 이유는 이 때문이었다.

'해민주도 안 돼. 어차피 해민주 역할은 캐스팅이 확정된 상태고 오디션은 보여주기 식에 불과하다. 오디션은 분명 떨어질 거야. 다른 배역을 맡아야 해. 누가 있지?'

그때 정호의 머릿속에 한 가지 생각이 번쩍 스쳐 지나갔다.

'그렇다면……?'

정호가 사람들을 향해 확신이 넘치는 눈빛으로 말했다.

"홍단비. 해민주보다는 홍단비가 좋습니다."

그러자 정 실장의 눈이 반짝였다.

매니지먼트의 제왕

4장. 언니, 저 마음에 안 들죠?

잠시 침묵이 흘렀다.

갑작스럽게 침묵을 깬 것은 정 실장이었다.

"책임질 수 있냐?"

예상치 못한 반응이었기 때문에 정호는 놀랄 수밖에 없었다.

정 실장을 비롯한 회의실 모두를 설득시키기 위해서는 많은 노력과 시간이 필요할 거라고 생각했다.

"네?"

"너 여운이가 홍단비 역할 따내고 잘 소화할 수 있게 책임질 수 있냐고."

그 정도 일도 못 해낼 것 같으면 애초에 매니저를 해서는 안 된다고 생각하는 정호였다.

게다가 정호는 이미 15년간 연예계를 구르며 산전수전을 다 겪고 정점에 올라본 바가 있는 베테랑 중에서도 베테랑이었다.

"물론입니다."

"좋아. 그럼 여운이는 홍단비 역할을 준비한다. 그리고 오늘부터 정호랑 봉팔이가 여운이 밀착 커버해."

"그 애긴?"

"난 이제 여운이 일에서 손 떼겠다는 뜻이야. 좋아 죽겠지, 이 자식들아?"

회의가 끝났고 사람들이 회의실을 빠져나갔다.

단 두 사람만 빼고.

정 실장에게 황 팀장이 다가왔다.

"무슨 생각인 거야?"

"아무 생각 없어."

"없긴 뭐가 없어. 내가 너 하루 이틀 보냐? 감 좋기로 이 바닥에서 소문이 자자하신 정 실장님께서 폼만 잡는 저 꼬맹이한테 무슨 감을 받은 거야?"

"아까 정호 자식 눈빛 봤냐?"

"아니, 못 봤는데? 어땠기에……."

"이 바닥에 가끔 그런 놈들 있잖냐. 가끔 신 받는 애들. 지금 눈빛이 그랬어. 감이 좋은 건 내가 아니라 저 녀석이었다고."

"그게 무슨……."

"두고 봐라. 이번에 재밌을 것 같다."

더 이상의 대답 없이 정 실장이 회의실을 나갔다.

그 모습을 보고 황 팀장이 뭔가를 깨달은 듯 중얼거렸다.

"그러고 보니 막내가 하는 꼴이 딱…… 정 실장, 저놈 어렸을 때랑 완전 똑같잖아."

정 실장을 막내 로드 매니저 시절부터 8년간 알아온 기획팀 황 팀장의 감상이었다.

◇ ◆ ◇

잠시 후.

정호와 민봉팔은 정 실장에게 전반적인 업무를 인수인계 받았다.

이전과 특별히 달라진 건 없었다.

강여운의 스케줄을 직접 관리할 수 있다는 점과 정 실장이 더 이상 강여운을 따라다니지 않는다는 점이 조금 다를 뿐이었다.

"아직 가르칠 게 많이 남았으니깐 부르면 재깍재깍 쫓아와."

"네, 알겠습니다!"

민봉팔이 기합 넘치게 대답했다.

"어쭈 봉팔이. 너무 좋아한다, 이 자식."

"에이! 아닙니다. 너무 아쉬워서 눈물이 쏟아질 지경이라고요. 흑흑."

"됐고. 이따 저녁에 있을 TV 광고 단역 스케줄 알지?"

정 실장은 오후에 있을 광고 촬영에 대해서 간략하게 설명했고 정호의 표정은 점점 굳어 갔다.

결국 정호가 참지 못하고 물었다.

"그 광고 꼭 해야 합니까?"

"왜? 이제 광고까지 갈아치우려고? 작은 역할이지만 신인 배우를 그런 광고에 집어넣는 거 쉽지 않다. 소위 말하면 이건 기회야, 기회."

"그건 알지만……."

"잔말 말고 잘 찍고 와. 잘 찍고 올 수 있지?"

"네……."

"어쭈. 대답이 시원찮다?"

옆에서 듣고 있던 민봉팔이 끼어든다.

"아닙니다! 잘할 수 있습니다!"

그 목소리를 듣고 정 실장이 웃었다.

"킥킥. 그래, 그래. 우리 봉팔이가 잘 찍고 오면 되겠지. 여운이 잘 챙겨라. 난 간다."

정 실장이 사라졌고 민봉팔이 걱정스런 눈빛으로 정호의 어깨를 짚으며 물었다.

"왜 그래, 정호야? 무슨 문제 있어?"

"아니야. 괜찮아."

"그래. 운전은 내가 할게. 너 회의실에서 기운을 너무 썼나 보다."

자신을 걱정하는 민봉팔의 마음이 느껴져서 정호가 말했다.

"고맙다."

민봉팔이 그런 정호를 신뢰가 넘치는 눈빛으로 쳐다봤다.

"고맙긴."

띠링.

—신뢰 포인트를 10 획득했습니다.

민봉팔의 신뢰는 언제나 진짜였다.

◇ ◆ ◇

정호는 촬영 현장으로 이동하는 내내 고민에 빠져 있었다.

강여운이 운전을 하는 민봉팔에게 몸을 기울이며 물었다.

"봉팔 오빠? 정호 오빠, 왜 그래요? 아까 정호 오빠가 원하는 대로 회의 풀린 거 아니었어요?"

정호가 뒷좌석에 앉아 있었기 때문에 운전석과 조수석에 앉은 두 사람은 대화를 나누기가 비교적 수월했다.

"그렇지."

"근데 왜 그래요?"

"글쎄, 나도 모르겠다."

민봉팔이 정말 모르겠다는 표정을 지었다.

"뭐예요. 둘이 친한 거 아니었어요?"

"친하지."

"그런데도 몰라요?"

"몰라. 정호는 예전부터 가끔 저랬어. 저럴 때는 그냥 놔두는 게 최선이야."

"아아. 그렇구나. 근데 오빠랑 정호 오빠는 어떻게 해서 친해진 거예요? 두 사람은 느낌이 완전 다른데."

화제가 갑자기 이상한 곳으로 튀었지만 대화하기 좋아하는 민봉팔은 그런 걸 신경 쓰지 않았다.

"느낌? 뭐가 어떻게 다른데?"

"오빤 구리고, 정호 오빤 세련됐죠."

"뭐?"

강여운이 배시시 웃었다.

"농담이에요, 농담."

"농담 아닌 거 같은데?"

"농담이라니까요. 근데 진짜 어떻게 친해진 거예요?"

민봉팔은 이걸 어떻게 설명해줘야 하나 짧게 고민을 하다가 말했다.

"예전에 중학교 때 수학여행을 같이 갔는데 정호가 바다에 빠진 나를 구해줬어."

"그때부터 오빠가 정호 오빠를 쫓아다녔고요?"

"응."

강여운이 김이 샌 듯한 표정을 지으며 말했다.

"진부하네요."

"진부하지."

"또 없어요?"

"있지. 내가 매일 따라다니니깐 정호가 했던 말이 엄청 멋있었어."

기대감 어린 눈빛으로 강여운이 민봉팔을 올려다봤다.

"뭔데요?"

민봉팔이 크흠, 하고 목소리를 가다듬은 뒤 말했다.

"날 따라다니지 마라. 수영을 할 줄 아는 녀석이 수영을 했을 뿐이야. 그게 전부라고."

강여운은 다시 김이 샌 듯한 표정을 지었다.

"진부하네요."

"별로였어?"

"네. 오빠는 연예인 될 생각하지 마요. 얼굴도 별론데 말도 못해."

"야, 그건 심하다."

"아니에요. 이건 진심이에요."

앞자리에서 두 사람이 한창 대화를 나누고 있을 때 정호의 생각은 강여운이 찍어야 하는 광고 촬영에 쏠려 있었다.

'이 광고라면 그 광고다…….'

사실 이건 정호가 기억하고 있는 광고였다.

광고 촬영 도중 성격 안 좋기로 유명한 여배우가 후배 배우에게 폭언을 해서 이슈가 되었던 사건이 있었는데, 그게 바로 이 광고였다.

'예전에는 여운이가 큰 사건에 휘말리면서 이 광고의 단역 역할을 다른 배우에게 넘겨야 했었지…….'

신인 여배우가 적은 청월은 광고를 아예 다른 소속사 배우에게 넘겨야 했다.

그 덕분에 김교빈 사건에 이은 핵폭탄급 사건 하나를 간신히 피할 수 있었다.

'이건 여운이를 나락으로 빠뜨리기 위한 신의 농락인 건가? 어떻게 이럴 수가 있지?'

간신히 김교빈 사건을 마무리 지었더니 더 어려운 사건이 기다리고 있었다.

배우들의 기 싸움에 관한 건 매니저도 어떻게 해줄 수가 없었다.

배우의 인기가 곧 매니저의 힘이었기 때문에 더욱 그랬다.

신인 여배우를 향한 스타 여배우의 폭언을 정호는 그저 바라볼 수밖에 없다는 뜻이었다.

'이럴 때가 아니다. 여운이에게 단단히 주의를 줘야겠어.'

정호가 갑자기 운전석과 조수석 사이로 몸을 들이밀며 강여운을 쳐다봤다.

강여운은 정호의 심각한 표정에 압도당했다.

"엄마, 깜짝이야!"

"여운아."

"네, 네?"

"지금 광고 촬영가는 거 알지?"

"네, 네. 알죠."

"가서 사고 치면 안 된다."

"네, 네. 알겠어요."

"인사도 잘하고."

"네, 네."

"선배들한테 싹싹하게 말도 예쁘게 하고."

"네, 네."

"그래. 믿는다."

"네, 네."

한 시간 후.

치킨 광고 촬영 현장.

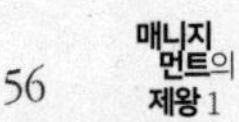

날카로운 눈빛이 인상적인 여배우가 연기를 하다가 갑자기 소리를 질렀다.

여배우의 이름은 정시정.

“야, 이 X아! 연기가 왜 그따위야!”

예쁜 이름과 달리 우렁찬 사운드가 촬영 현장을 가득 메웠다.

정시정이 던진 닭다리를 맞은 강여운도 가만있지 않았다.

강여운은 참지 못하고 정시정를 올려다보며 물었다.

“언니, 저 마음에 안 들죠?”

그러자 정시정이 강여운의 머리채를 잡았다.

강여운도 물러서지 않고 정시정의 머리채를 잡았다.

두 사람이 서로를 향해 쌍욕을 내뱉기 시작했다.

정시정의 매니저와 민봉팔이 두 사람을 뜯어 말렸지만 사태는 점점 심각해질 뿐이었다.

정호는 이마를 짚으며 생각했다.

‘최악이다. 예전보다 더 최악의 사건이 되어 버렸어.’

그때 목소리가 끼어들었다.

—시간을 결제하시겠습니까?

5장. 정말 그래도 돼요?

—결제되었습니다. 당신이 원하는 시간을 얻습니다.

[결제한 포인트 : 60 / 남은 포인트 : 85]

정호는 시간을 결제하여 한 시간 전으로 돌아왔다.

다시 민봉팔이 운전하는 차 안이었다.

"네. 오빠는 연예인 될 생각하지 마요. 얼굴도 별론데 말도 못해."

"야, 그건 심하다."

"아니에요. 이건 진심이에요."

강여운과 민봉팔이 대화를 나누고 있었다.

정호는 운전석과 조수석 사이로 몸을 들이밀었다.

"엄마, 깜짝이야!"

"여운아."

"네, 네."

"지금 광고 촬영가는 거 알지?"

"네, 네."

"중요한 거 알지?"

"네, 네."

"그럼 내가 하는 말 받아 적어. 그리고 외워."

"네?"

"시키는 대로 해. 일단 하나."

정호가 갑자기 어울리지 않는 애교 섞인 목소리로 말했다.

"못 먹고 왔어요, 선배님! 선배님 치킨 먹방을 보고 배가 터질까봐 걱정스러웠거든요. 헤헤."

민봉팔과 강여운은 그런 정호의 모습을 보며 경악을 금치 못했다.

'정호가 많이 아픈 건가…….'

'뭐야……. 이 오빠, 너무 징그러……'

현장에 도착하자마자 세 사람은 인사를 다녔다.

정시정은 여유로운 포즈로 대본을 보며 메이크업을 받고 있었다.

"안녕하세요, 선배님. 저는 신인 여배우 강여운이라고 합니다! 오늘 하루 잘 부탁드리겠습니다."

정시정이 대본을 내려놓자 정시정의 코디가 메이크업을 멈췄다.

그 모습이 마치 잘 훈련된 경찰견 같았다.

"반가워. 내가 누군지 알고 온 거지? 그럼 내 소개는 됐고. 그래, 밥은 먹고 왔어?"

정호는 긴장했다.

여기서부터였다.

정호는 평소 '똥꼬발랄 백치미'로 불리는 강여운이기 때문에 애교 있고 싹싹하게 정시정한테 잘할 거라고 생각했다.

하지만 그건 강여운을 잘 알지 못했던 정호의 잘못된 판단이었다.

강여운은 낯을 가리는 성격이었다.

연기가 아니면 '똥꼬발랄 백치미'는 친한 사람들한테만 보여준다는 뜻이었다.

그게 시간을 결제하기 전 문제를 일으키고 말았다.

정호는 방법을 강구해야 했다.

강여운에게 적절한 대사를 주고 연기를 요구한 건 그런 이유 때문이었다.

"못 먹고 왔어요, 선배님! 선배님 치킨 먹방을 보고 배가 터질까봐 걱정스러웠거든요. 헤헤."

강여운은 꽤나 자연스럽게 대사를 쳤다.

평소 '똥꼬발랄 백치미'와 유사한 느낌이었다.

정시정은 살짝 놀란 눈치로 대답했다.

"그래? 그래도 굶으면 안 되지. 이따 치킨 좀 먹어. 어차피 남아서 처치 곤란일 테니깐."

"감사합니다, 선배님!"

정호는 속으로 만세를 불렀다.

'다행이다. 소문이 사실이었어.'

성격이 강하든, 낯을 가리든 어떤 성격이어도 상관하지 않고 후배의 기강을 잡는 것으로 유명한 정시정이었지만, 예전부터 애교 있고 싹싹한 후배들한테 약하다는 소문이 있었다.

정호가 믿을 건 그 소문뿐이었고 적당한 경고만 해둔다면 강여운이 잘해줄 거라고 믿었다.

결과적으로 강여운은 첫 대화에서부터 책을 잡히고 말았지만.

그러나 이번에는 상황이 달라졌다.

'제발 싸우지 말자, 여운아…….'

◇ ◆ ◇

촬영이 시작됐다.

촬영 내내 강여운은 정호의 지시를 잘 이행했다.

“와아! 선배님 너무 멋져요!”

“어쩜. 너무 먹고 싶어요!”

“후우. 벌써 배가 부른 기분이에요!”

정시정은 내심 강여운의 칭찬이 싫지 않았지만 겉으로는 계속 아닌 척을 했다.

정호의 눈에는 그게 확실히 보였다.

하지만 민봉팔은 이 상황이 불안한 모양이었다.

“정호야, 너무 오버하는 거 같은데 저거 말려야 하는 거 아니냐……? 스태프들한테 들어보니 정시정, 저 사람 성격 장난 아니라고 하더라.”

신입 로드 매니저 티를 내는 민봉팔을 보며 정호가 웃었다.

“걱정 마. 오히려 일이 잘 풀릴 거야.”

그렇게 열두 번째, 열세 번째까지 촬영이 이어졌다.

촬영이 늘어질수록 연기자를 비롯한 모든 스태프들의 표정이 점점 굳어갔다.

‘이번에도 마찬가지군…….’

이게 이 광고 사건의 숨겨진 핵심적인 문제점이었다.

예술 영화 감독 출신의 광고 감독은 장면에 대한 욕심이 너무 과했다.

그러다 보니 괜찮은 그림을 잡고도 계속해서 배우들을 혹사시켰다.

그 탓에 스태프들도 기분이 좋지 않았고 촬영장 분위기는 급속히 다운됐다.

정시정이 짜증을 낸 것은 이런 이유 때문이었다.

정시정은 사실 광고 감독에게 화가 난 것이었다.

'그걸 신인 여배우가 뒤집어쓴 거고……. 결국 정시정의 성격이 더러운 것도 있지만 저 감독도 문제야…….'

정호는 또다시 "컷, 컷." 하고 소리를 지르는 광고 감독을 힐끔 쳐다봤다.

광고 감독의 고집 섞인 표정이 정호의 눈에 들어왔다.

'하지만 광고 사건은 이번에 일어나지 않는다.'

정호는 확신했다.

왜냐하면 이렇게 분위기가 다운된 상황에서도 강여운은 미친 듯이 활기차게 움직이고 있었기 때문이었다.

"어머. 선배님 피부 어디서 관리를 받으시는 거예요? 너무 좋다! 비법 좀 전수해 주세요!"

그렇게 열다섯 번째 촬영.

드디어 정시정이 폭발했다.

"도대체 너는 뭐가 좋다고 그렇게 실실대니? 지금 너 때문에 촬영 길어지는 거 안 보여?"

이건 광고 감독에게 알아서 촬영을 중단하라는 신호였지만 광고 감독은 들은 체도 안 했다.

20분 전에 있었던 쉬는 시간에서 정서정이 따로 가서 말을 꺼냈을 때도 광고 감독은 정시정의 촬영 시간 단축 요구를 무시했다.

이 사실이 정시정을 더 화나게 했다.

하지만 정시정이 나선 것은 단순히 화가 나서만은 아니었다.

'새로 만난 여운이한테는 미안하지만 어쩔 수 없어……. 이런 상황에서 가만히 있으면 다른 스태프들 전부가 고생을 할 거야…….'

정서정의 분노로 촬영장이 싸늘해졌다.

그때 침묵을 깨고 강여운이 큰 소리로 사과를 하며 고개를 숙였다.

"선배님들, 스태프 여러분 정말 죄송합니다! 열심히 하겠습니다! 최선을 다하겠습니다!"

강여운은 웃는 얼굴로 애쓰며 인사하기 시작했다.

그걸 정시정을 비롯한 전 스태프가 확인했다.

'막내인 저 친구도 저렇게 애를 쓰는데…….'

강여운의 노력이 빛을 발했다.

다들 말없이 촬영 장비를 정리하며 다음 촬영을 준비했다.

몇몇 스태프들은 "여운 씨 힘내요.", "여운 씨 다음에는 잘할 수 있어요." 하고 격려를 보내기도 했다.

정시정도 급변하는 상황을 눈치 챘는지 강여운에게 말했다.

"그래. 실수를 알았으니 다음 촬영에서는 잘하도록 해."

아무리 눈치가 없는 광고 감독이라도 상황이 이쯤 되니

오케이 사인을 내리지 않을 수가 없었다.

"오케이!"

그렇게 우여곡절 많던 광고 사건이 마무리되었다.

◇ ◆ ◇

"와, 오빠는 이렇게 될 줄 알았던 거예요?"

띠링.

—신뢰 포인트를 60 획득했습니다.

촬영을 끝내고 지하 주차장으로 가는 길에 강여운이 호들갑을 떨며 물었다.

긴 촬영을 하고도 체력이 남아도는 모양이었다.

"알았지. 오기 전에 조사 좀 했거든."

"그걸 조사하면 알아요?"

강여운이 꽤나 예리하게 질문을 했다.

정호를 곤란함에서 구해준 건 민봉팔이었다.

띠링.

—신뢰 포인트를 60 획득했습니다.

"우리 정호가 예전부터 준비성이 확실했지. 장난 하나를 쳐도 완벽하게 쳤다니깐."

정호가 그렇게 말하는 민봉팔을 말리듯 말했다.

"야야."

강여운이 궁금했는지 눈을 반짝였다.

"어떤 장난이었는데요?"

"그게 말이지. 우리 정호가 어떤 장난을 쳤냐면……."

그때 구두를 신고 누군가가 다가오는 것이 보였다.

"신인치고는 눈치가 너무 빠르다는 생각은 했는데 그게 그쪽 매니저님의 계산된 작전이었군요."

"앗, 선배님!"

정시정이었다.

강여운과 민봉팔은 낭패한 표정을 감추지 못했다.

당황한 건 정호도 마찬가지였다.

"너무 그런 표정 짓지 마요. 잡아먹지는 않으니깐. 오늘 수고했다고 인사나 하려고 왔는데 이런 고급 정보를 듣다니. 호호호."

잡아먹지 않는다고 했지만 언제라도 잡아먹을 것 같아서 세 사람은 도저히 입을 뗄 수 없었다.

"일단 여기까지 왔으니 목적은 달성해야지. 오늘 수고했어, 여운아."

"가, 감사합니다, 선배님!"

"대답이 우렁찬 것 보니깐 아예 연기는 아니었나 보네."

"죄, 죄송합니다, 선배님!"

"됐어, 됐어. 괜찮아. 그리고 이젠 언니라고 불러."

"저, 정말 그래도 돼요?"

"물론이지. 그리고 그쪽."

정시정은 정호를 돌아봤다.

"나에 대해서 잘 아는 거 보니 경력이 꽤 있는 거 같은데 이름이 뭐죠?"

"오정호입니다."

"오정호? 처음 들어보는 이름인데……."

"그럴 겁니다. 겨우 한 달 차 로드 매니저이거든요."

정시정은 진심으로 놀란 눈을 했다.

"한 달 차? 정말 한 달 차예요?"

"네."

"오호호. 재밌군요. 좋아요, 오정호 씨. 악수나 해요. 만나서 반가웠어요."

띠링.

—신뢰 포인트를 10 획득했습니다.

정호는 정시정이 내민 손을 잡으며 화답했다.

"저도 반가웠습니다."

◇ ◆ ◇

강여운과 두 매니저를 태운 차가 떠났다.

정시정은 강여운과 두 매니저의 차가 떠나는 것을 말없이 미소 지으며 쳐다봤다.

특히 운전을 하고 있는 정호를.

정시정 옆에 있던 지적인 이미지의 매니저가 물었다.

"뭘 그렇게 재밌게 보십니까?"

"오정호. 대단하지 않아?"

"그래봤자 겨우 한 달 차 신입 매니저 아닙니까?"

"김 실장도 들어봤지? 연예인을 스타로 만드는 매니저."

"들어봤습니다."

"그럼 김 실장도 눈여겨봐둬. 오정호는 강여운을 곧 스타로 만들 테니깐. 내 감이 딱 그렇다고 말하고 있거든."

6장. 완벽한 오디션

오디션이 일주일 앞으로 다가왔다.

강여운은 홍단비 역을 완벽하게 소화하기 위한 연기 레슨에 들어간 상태였다.

그동안 정호와 민봉팔은 강여운의 연기력을 수시로 확인했다.

워낙 홍단비라는 캐릭터가 강여운이랑 비슷한 부분이 많았기 때문에 강여운의 연기는 그럴듯했다.

"어떠냐, 정호야? 우리 여운이 잘하는 것 같지 않냐?"

"뭐…… 그럭저럭하네."

대답은 그렇게 했지만 정호는 사실 강여운의 연기에 만족하지 못하는 상태였다.

이전의 시간에서 홍단비 역할을 맡았던 배우가 자꾸 떠올랐다.

'그때 홍단비 역할을 맡았던 하수아에 비하면 2퍼센트 정도 부족한 느낌이다……. 도대체 그게 뭐지……?'

연기력만 놓고 봤을 때 실제로 당시 홍단비 역할이었던 하수아는 강여운의 수준에 미치지 못했다.

활기차게 움직일 때는 캐치할 수 없었지만 감정 연기가 시작되면 어김없이 어색한 지점이 드러났다.

그게 당시 시청자 입장이었던 정호에게는 늘 거슬렸다.

하지만 하수아가 가진 매력은 부족한 연기력을 잘 커버했음은 물론이고 홍단비라는 캐릭터를 완벽하게 구현하는 데 성공하여 호평을 이끌어냈다.

'그때 하수아의 소속사가 사용한 전략도 그거였지. 오디션 장에서 하수아의 매력을 드러내는 것.'

홍단비라는 캐릭터가 워낙 큰 파급력을 일으켰기 때문에 후일담이 여러 개 돌았는데 그중 하나가 오디션 일화였다.

하수아의 소속사 투투 엔터테인먼트는 하수아가 연기력 부분에서 다른 경쟁자에 비해서 뒤처진다는 걸 알고 있었다.

하수아는 겨우 이제 두 달이 된 연습생에 불과했기 때문에 어쩔 수 없는 부분이었다.

그렇다고 오디션을 포기할 수도 없는 일이어서 한 가지 전략을 짰다.

이 전략으로 피디와 작가의 눈에 띄었고 결국 하수아는

홍단비가 되는 데 성공했다.

'꽤나 유명한 일화였어. 근데 문제는 소속사가 사용한 전략이라는 게 뭔지 생각나질 않는다. 사실 그 전략이 홍단비의 매력을 두드러지게 만든 것이었는데…….'

정호는 생각날 듯 말 듯 한 기억을 붙잡으려고 노력했지만 되지 않았다.

오히려 점점 핵심에서 벗어나는 듯한 기분이었다.

"막내들. 우리 여운이 연습 좀 잘 돼 가냐?"

정 실장이 오랜만에 연습실에 얼굴을 내밀었다.

정 실장을 발견한 민봉팔이 먼저 기합이 들어간 목소리로 인사했다.

"안녕하세요, 실장님!"

"안녕하세요."

정 실장은 한쪽에서 트레이너한테 연기 지도를 받고 있는 강여운부터 민봉팔, 정호까지 휘휘 살폈다.

"여운이는 똥꼬발랄하게 잘하고 있고, 봉팔이는 언제나 기합만 만땅이고, 정호는 또 진지를 빨고 있으니 아무런 문제가 없구만. 그래, 너희 그 소식 들었냐?"

늘 궁금한 게 많은 민봉팔이 먼저 반응했다.

"무슨 소식이요."

"아아. 이번에 홍단비 배역의 경쟁이 생각보다 치열할 것 같더라. 메세나에서도 야심차게 키워온 배우를 이번에 집어넣는다는데?"

"메세나에서요?"

메세나 E&P는 영화 제작사로 시작해서 배우 중심의 소속사로 성장한 우리나라 최고의 소속사 중 하나였다.

그런 까닭에 메세나의 배우는 믿고 쓴다는 말이 돌 정도였다.

'메세나에세도 배우를 집어넣었다고? 도대체 하수아는 이런 쟁쟁한 배우들을 어떻게 꺾은 거지?'

생각에 잠겨 있는 정호를 보고 정 실장이 장난스럽게 물었다.

"우리 정호, 메세나 이름값에 쫄았냐? 걱정이 가득한 얼굴인데?"

정호는 웃으며 대답했다.

"쫄긴요."

"하긴 회의실에서도 하늘같이 높은 선배님들에게 바득바득 개기는 놈인데. 쫄 리가 없지, 겨우 이 정도로."

이럴 때 빠지는 법 없는 민봉팔이 오늘도 정호의 편을 들었다.

"에이. 실장님. 우리 정호가 언제 또 그 정도로 바득바득 개겼다고 그러세요. 그냥 자기 소신껏 말했을 뿐이죠."

"어쭈! 선배 버리고 친구 편을 들겠다?"

"에이! 무슨 편이에요."

"편드는 거 맞는데 아닌 척이야. 너 정호 좋아하냐?"

"좋아하죠. 친구 중에서 최고로. 선배님 중에선 실장님을 가장 좋아하고요."

"하여튼 저 딸랑이. 쯧쯧."

혀를 차며 말을 했지만 정 실장은 민봉팔을 못마땅해 하는 표정이 아니었다.

오히려 민봉팔의 너스레를 기분 좋게 받아들이고 있었다.

"그나저나 정호는 왜 계속 표정이 안 좋냐? 똥 마려?"

"아니요. 그런 거 아니에요. 혹시…… 이번에 투투에서는 배우 안 집어넣는데요?"

"투투? 거긴 왜? 거긴 가수 소속사잖아."

"아니, 비슷한 소문을 들은 거 같아서요. 꽤 쟁쟁하다고."

"걔네가? 아닐 텐데…… 잠깐만. 내가 알아볼게."

정 실장이 어디론가 전화를 걸었다.

투투에 아는 사람이 있는 모양이었다.

투투의 사무실과 청월의 사무실이 비교적 가까운 곳에 있는 편이라서 그런지 예전부터 두 회사 직원들은 교류가 잦았다.

"어, 임 실장. 나야. 너희 이번에 배우 하나 〈내 사랑 티라미수〉에 집어넣었어? 그래, 홍단비 역. 어때? 괜찮아? 모르겠다고? 모르는 척하는 거야, 진짜 모르는 거야? 담당이 누군데? 비밀이라고? 이 자식이 많이 컸네. 내가 너 거의 젖 먹이고 키워준 은혜는……."

정호는 정 실장의 통화가 다른 쪽으로 새는 것 같아서 엿듣기를 그만뒀다.

'역시 하수아가 나오는 모양이네…… 뭔가 방법이 없을까? 이대로라면 하수아가 홍단비 역을 맡게 될 거야.'

◇ ◆ ◇

잠시 머리를 식히기 위해서 정호는 회사 앞 카페로 향했다.

정호가 같이 나가자고 권유했지만 민봉팔은 강여운이 연기 레슨을 받는 걸 옆에서 지켜보겠다고 했다.

회사 내에서 레슨을 받고 있는 배우를 굳이 매니저가 지켜볼 필요는 없었지만 어쨌든 지켜보는 편이 더 좋았기 때문에 정호는 혼자 카페의 문을 열고 들어갔다.

세련된 인테리어로 꾸며진 카페였다.

주변에서 가장 커피 맛이 좋은 카페이기도 했다.

"아이스 아메리카노 주세요."

계산을 마치고 한쪽에 앉아서 커피가 나오기를 기다리고 있는데 누군가의 목소리가 들려왔다.

"네. 그 작전이라면 확실하다니까요. 근데 진짜 청월의 정 실장님에게 연락이 왔어요?"

아는 사람 얘기가 나오자 정호의 시선이 자연스럽게 목소리 쪽으로 향했다.

"어떻게 된 거지……? 수아는 이제 막 연습생이 된 애라서 알려진 게 없을 텐데……. 연기를 엄청 잘하는 것도 아니에요."

정호의 한쪽 눈꼬리가 올라갔다.

'수아? 설마 하수아? 그러고 보니 하수아의 예전 매니저가 입이 싸서 큰 곤혹을 몇 번이나 치렀다는 얘길 들어본 적 있다!'

남자의 조심성 없는 목소리가 계속 이어졌다.

"네? 연기를 못하는데 어떻게 오디션에 합격하냐고요? 아니, 제가 몇 번이나 작전을 알려드렸잖아요. 방금 전에도 알려드렸고요. 네네. 그 작전이라면 확실해요. 연기를 조금 못해도 그 작전만 쓰면 홍단비 역할에 딱 맞는 우리 수아만의 색깔을 보여줄 수 있다니까요."

정호는 눈을 반짝였다.

'확실하다, 확실해. 하수아의 매니저야! 조금만 더 말해 봐. 작전이 뭔지 조금만 더 말해 보라고!'

그때 정호 앞에 놓인 진동벨이 울렸다.

정호가 시킨 커피가 나온 모양이었다.

그 소리에 하수아의 매니저도 반응했다.

갑자기 하수아의 매니저가 정호를 의심 가득한 눈으로 쳐다봤다.

'그런 식으로 쳐다보지 마. 작전에 대한 건 아무것도 듣지 못했다고!'

정호가 딴청을 피우며 생각했지만 하수아의 매니저는 의심을 거두지 않았다.

하수아의 매니저는 뒤늦게 주변의 눈치를 살피며 목소리를 죽인 채 말했다.

"지금 여기서 말씀드리기가 힘드니깐. 회사에 들어가서 자세히 말씀드릴게요. 걱정 마시라니까요. 이 작전이 통하면 어쩌실 건데요? 네? 작전이 안 통하면 어쩔 거냐고요? 그럼 저는 그냥 운이 없었다고 생각해……."

하수아의 매니저가 카페를 빠져나갔다.

정호는 입맛을 다시며 그 모습을 지켜봐야만 했다.

'아쉽다……. 조금만 더 일찍 카페에 왔다면 하수아의 매니저가 무슨 작전을 꾸몄는지 알 수 있었을 텐데…….'

정호의 이런 생각에 부응하는 목소리가 들려왔다.

—시간을 결제하시겠습니까?

정호의 입꼬리가 씨익, 하고 올라갔다.

'맞아. 이놈이 있었지?'

◇ ◆ ◇

—결제되었습니다. 당신이 원하는 시간을 얻습니다.

[결제한 포인트 : 15 / 남은 포인트 : 200]

정호는 15분 전으로 돌아왔다.

정호가 민봉팔을 보며 말했다.

"나갔다가 올게."

"응?"

"넌 여운이 하는 거 보고 있을 거지?"

"응, 그야……."

"금방 올게."

회사 앞 카페로 날듯이 달려간 정호가 카페 내부를 둘러봤다.

'없다. 아직 안 온 건가?'

그때 유리벽 너머로 카페 안으로 들어오는 하수아의 매니저가 보였다.

'됐다!'

정호는 자연스럽게 커피를 주문했다.

하수아의 매니저가 카페 안으로 들어와 커피를 주문하기 위해 정호 뒤에 줄을 섰다.

"그러니깐 홍단비 역의 포인트는…… 그거라고요. 네, 검지로 목을 긁는 거요."

하수아의 매니저가 '검지로 목을 긁는 거.' 라는 말을 발음하는 순간 모든 기억이 떠올랐다.

'맞아. 그거였어. 중요한 상황마다 검지로 목을 긁는 하수아의 버릇.'

보통 이런 버릇은 연기자의 단점이 되기 때문에 레슨의 과정에서 고치는 게 보통이었다.

하지만 하수아는 연습생이 된 시간이 너무 짧았기 때문에

이 버릇을 고칠 기회가 없었다.

"강 선생이 말하기를 수아의 이 버릇은 홍단비 역에 너무나 잘 어울리기 때문에 전혀 고칠 필요가 없대요. 오히려 이 점을 잘 이용해야 한다고 했어요."

하수아 매니저의 말을 통해서 정호는 중요한 정보를 추가로 얻었다.

'하수아의 연기 트레이너가 강 선생이었어?'

강민서는 디테일 연기로 한 손에 꼽히는 연기 트레이너였다.

연기자는 크게 '배역이 되는 배우'와 '배역을 자신 쪽으로 끌어오는 배우'로 나뉘는데 전자에는 '김명민'이 속했고 후자에는 '송강호'가 속했다.

강민서는 배우의 장점을 분석하여 캐릭터를 배우 쪽으로 가져오는 데 뛰어난 능력을 자랑하는 강사였다.

대부분의 '송강호 파'가 강민서의 손에서 태어났다고 해도 과언이 아니었다.

이 능력을 높이 사서 8년 후 대표가 된 정호는 강민서를 청월에 영입하기도 했다.

'강 선생이 이때 투투에 있었군. 이제야 홍단비 역을 따낸 하수아에 대한 의문이 풀리는 기분이야.'

하수아의 매니저는 정호가 생각이 빠진 뒤에도 계속 투투의 임 실장과 실랑이를 벌였다.

"아, 진짜. 수아를 못 믿는 거예요, 강 선생을 못 믿는 거예요? 네? 저요? 절 왜요? 실장님, 진짜 왜 그래요? 제가 수아 오디션 순서를 뒤로 받았다고 이러시는 거예요?"

정호는 회심의 미소를 지었다.

'모든 정보를 들었다. 고맙다. 하수아 매니저.'

◇ ◆ ◇

정호는 바로 정 실장을 찾아갔다.

이런 문제는 반드시 정 실장을 거쳐서 해결하는 게 좋았다.

회사 사람들에게 신뢰를 잃는다면 아무리 능력이 좋아도 이 회사에서는 더 높은 곳으로 갈 수 없었다.

평소 정 실장의 동선을 파악하고 있던 정호는 정 실장을 어렵지 않게 찾아냈다.

"정 실장님, 잠깐 시간 괜찮으신가요?"

"응. 왜? 우리 아까 봤잖아."

"사실 그동안 제가 생각해 봤는데 말이죠……."

정호는 홍단비 역을 따내기 위한 필승 전략을 늘어놓기 시작했다.

이런 상황에 대한 죄책감이나 망설임은 없었다.

하수아는 홍단비 역으로 스타가 되지만 이후의 방탕한 삶으로 인생을 망쳤다.

하수아 매니저 역시 가벼운 입과 연예인 스폰서 제의

문제가 불거지면서 연예계에서 퇴출이 되는 케이스였다.

'하수아 매니저 같은 놈을 배려해줄 필요는 없다. 다만…… 하수아에게는 약간의 도움을 준다면 좋겠지……. 난 이제 이전과 다른 사람이니깐…….'

정호의 이야기가 끝나자 정 실장이 대답했다.

"그게 가능할까? 확실히 홍단비 역할에서 그런 느낌이 났던 것 같기도 했는데…… 이럴 게 아니다. 직접 가서 해보자."

정호와 정 실장은 강여운의 레슨이 한창인 연습실로 향했다.

정 실장은 바로 연기 트레이너에게 이 부분을 상의했다.

"양 선생. 할 말이 있는데……."

현재 강여운의 연기 가르치고 있는 양민호는 다행히 특별하진 않지만 무능하지도 않은 연기 트레이너였다.

"그거 괜찮을 수도 있겠는데요? 여운이의 연기는 다 좋은데 왠지 2퍼센트 부족한 기분이었거든요."

전문가다운 평가였다.

"그럼 이 버릇을 적용해서 연기를 펼치게 해봐."

"그러죠. 여운아, 이리로 와봐."

"네. 선생님."

잠시 후 새로운 행동 연기가 가미된 강여운의 연기가 시작됐다.

"……오렌지 주스인 줄 알았는데 먹어 보니 오렌지 맛

감기 시럽이었지, 뭐예요. 헤헤.”

강여운이 자연스럽게 홍단비가 되어서 대사를 쳤다.

마지막에 민망한 듯 검지로 목을 살살 긁는 것도 잊지 않았다.

‘괜찮군…… 어색한 면도 없지 않지만 이 정도면 훌륭해. 정답은 역시 행동 연기에 있었어!’

힐끔 정 실장을 쳐다보니 만족스러워하는 얼굴이었다.

띠링.

―신뢰 포인트를 10 획득했습니다.

오디션 당일.

두 사람이 책상 너머에 앉아 있었다.

〈내 사랑 티라미수〉의 피디와 작가인 남재식과 채미선이었다.

케스타와의 거래로 남자 주인공 캐스팅에 성공한 남 피디의 여유로운 표정과는 달리 채미선은 불안한 얼굴이었다.

‘아무리 생각해도 해민주가 불안해……. 어쩌면 홍단비의 역할이 중요해질지도 몰라……. 내 이런 예감은 틀린 적이 없다고!’

다리까지 떨며 불안해하고 있는 채 작가였다.

그런 채 작가의 마음에 남 피디는 더 큰 돌을 던졌다.

덕분에 채 작가의 마음속에는 불안함이 파도처럼 출렁였다.

"어차피 홍단비 역은 비중이 작으니깐 괜찮은 사람이 있다면 서둘러 정하죠. 아까 보니 메세나에서 온 친구가 괜찮던데."

채 작가는 애써 마음을 다스리며 말했다.

"조금만 더 신중해지기로 해요. 아직 오디션 순서가 많이 남았잖아요."

"그래요. 작가님 말을 따르도록 하죠, 뭐. 아직 반밖에 안 봤으니까요."

남 피디는 어깨를 으쓱해 보였다.

자신감 넘치는 젊은 피디다운 제스처였다.

채 작가는 그게 너무나도 재수가 없어서 아랫입술을 꽉 깨물었다.

그러지 않으면 버럭 소리를 지를 것만 같은 기분이었다.

이후에도 홍단비 역을 노리는 많은 참가자들이 계속 들어왔다.

연기력은 전체적으로 나쁘지 않았지만 채 작가의 마음에 차지는 않았다.

'부족해. 전체적으로 2퍼센트가. 중요한 건 연기력이 아니야. 완벽한 홍단비가 탄생하려면 다른 게 필요해.'

그때 누군가가 들어왔다.

캐주얼한 복장을 한 강여운이었다.

"안녕하세요, 강여운입니다."

"반가워요. 준비되면 시작해요."

강여운의 연기가 시작됐다.

그리고 채 작가의 입에는 드디어 미소가 걸렸다.

모든 불안은 사라졌다.

오랜 기다림의 보답처럼 채 작가의 눈앞에는 홍단비가 나타나 있었다.

◇ ◆ ◇

정호는 오디션장 밖에서 다음 차례를 기다리고 있는 하수아와 하수아의 매니저를 바라봤다.

하수아는 긴장한 듯 보였지만 하수아의 매니저는 확신에 찬 얼굴이었다.

'확신은…… 무너질 거다.'

잠시 후 정호는 강여운이 성공적으로 오디션을 끝마쳤다는 사실을 한발 먼저 알 수 있었다.

그건 바로 보상 때문이었다.

띠링.

—신뢰 포인트를 80 획득했습니다.

정호는 긴장한 듯 복도를 어슬렁거리고 있는 민봉팔을

손짓으로 불렀다.

"봉팔아, 몇 발자국 안 남았다."

"응? 그게 무슨 소리야."

"여운이의 성공까지 말이야. 이제…… 정말 몇 발자국 남지 않았어."

7장. 지루함을 날려 보낼 목소리

정호는 성공적인 오디션 이후 한가롭게 시간을 보내고 있었다.

다른 배우들은 스탠바이 전까지 화보나 광고 등으로 바쁜 일상을 보냈지만 신인 배우 강여운은 다른 스케줄이 없었다.

오로지 연기 레슨뿐이었다.

덕분에 정호도 덩달아 할 일이 없는 상태였다.

할 일이라고는 회사로 들어오는 드라마 대본이나 영화 시나리오를 보며 눈을 틔우는 것이 다였다.

문제는 정호가 이걸 본다고 눈이 틜 리가 없다는 사실이었지만.

'다 봤던 대본이야……. 다 봤던 시나리오고…….'

정호는 지루함을 견디지 못하고 읽고 있던 대본을 내팽개쳤다.

한쪽에서 다른 대본을 읽고 있는 민봉팔을 바라봤다.

"봉팔아, 뭐 읽냐?"

"나? 〈강한 남자〉 읽어. 어거 재밌는데? 완전 신나!"

"읽지 마."

"응?"

"그거 망해. 다른 거 읽어. 차라리 〈태풍의 시간〉이 괜찮다."

정호가 민봉팔을 향해 시나리오 뭉치를 던지며 말했다.

민봉팔이 〈강한 남자〉를 내려놓고 〈태풍의 시간〉을 펼쳤다.

정호는 그런 민봉팔의 모습을 가만히 보다가 일어났다.

"어디 가?"

"여운이 데리러."

"벌써?"

"어차피 할 일도 없는데 미리 가서 산책이라도 하려고. 그나저나 〈강한 남자〉가 재밌다니 안경이라도 하나 맞춰야 하는 거 아니야?"

지루함 때문에 비뚤어진 정호의 빈정거림이었다.

"그런가?"

순진한 민봉팔은 머리를 긁적이며 그 말을 받았다.

◇ ◆ ◇

정호가 차를 몰고 강여운의 집으로 향하고 있는데 전화가 왔다.

"어, 여운아."

"오빠, 어디예요?"

"그쪽으로 가고 있어."

"벌써요?"

"아니, 회사가 심심해서 근처에서 좀 놀다가 너 태워 가려고."

"와, 팔자 좋다."

"내가 지금 왜 팔자가 좋겠니? 누가 일이 없어서일까?"

"내 탓이라고요?"

"아니라고 생각하면 아닐 수도."

"흥, 됐고요. 그럼 바로 이쪽으로 와요."

"왜?"

"도움을 청할 게 있어요. 그러니깐 얼른 와요."

전화가 끊겼다.

정호는 차를 몰아 바로 강여운의 집으로 향했다.

강여운은 이미 집 앞에 나와 있었다.

"오빠!"

"무슨 일인데 이렇게 서둘러."

"중요한 일이에요. 중요한 일. 근처에 조용한 카페 없어요?"

"카페는 이 동네에 사는 네가 더 잘 알지 않을까?"

"음…… 그럼 제가 자주 가는 곳으로 가요. 대본을 읽기에 아주 좋은 카페가 있거든요."

강여운의 안내를 따라간 카페는 멀지 않은 곳에 있었다.

고즈넉했으며 무엇보다 여러 개의 방이 있는 게 특징인 카페였다.

주문한 커피를 받아온 정호가 자리에 앉으며 물었다.

"부탁할 게 뭐야?"

그러자 강여운이 대본 두 개를 꺼냈다.

"짠! 이게 뭘까요?"

"대본."

"그럼 이게 왜 필요할까요?"

"먹고 살려고."

"네?"

"먹고 살려고 필요하지. 대본 읽고 연기하는 게 전부 먹고 살려고 하는 거 아니겠냐?"

"아! 오빠!"

강여운이 질색하며 소리쳤다.

정호가 실실 웃으며 대꾸했다.

"말 돌리지 말고 어서 말해봐. 부탁이 뭐야?"

"내 상대 배우 좀 해줄래요?"

강여운과의 리딩 연습은 의외로 즐거웠다.

어느 정도의 자리에 오른 후로는 담당 배우의 리딩 연습을 도와준 적이 없었던 정호였기에 더더욱 즐거울 수밖에 없었다.

강여운과의 리딩 연습은 그날 이후로도 지속적으로 이뤄졌다.

시간이 남아도는 정호로서는 이 정도는 전혀 어렵지 않았다.

◇ ◆ ◇

강여운과의 리딩 연습으로 시간이 조금 빡빡해졌지만 여전히 여유로운 건 어쩔 수 없었다.

여유롭다 못해 여전히 너무 지루했다.

정호는 강여운이 연기 레슨을 받는 걸 구경하다가 한쪽에서 대본을 읽고 있는 민봉팔에게 말을 걸었다.

"봉팔아, 뭐 읽냐?"

"나? 〈블루라는 이름의 리듬〉 읽고 있어."

"읽지 마. 그거 망해. 차라리 〈타코라이스가 맛있는 이유〉를 읽어봐."

"그런 이름인데 재밌다고?"

"응. 엄청."

정호는 그렇게 말한 뒤 연습실 밖으로 나갔다.

"어디 가?"

"TV나 보려고. 그나저나 너는 TV 자주 보지 마라. 요즘 눈이 많이 나빠진 거 같다."

여전히 지루함에 빠져 있는 정호의 빈정거림이었다.

"그런가?"

민봉팔은 이번에도 어김없이 정호의 말에 동조했다.

휴게실로 나간 정호는 TV를 틀었다.

과도하게 여유로워 보일 수도 있는 상황이었다.

하지만 신입 매니저가 이렇게 작품을 살피는 건 오히려 청월에서 권유되는 상황이었기 때문에 문제는 없었다.

몇 편의 드라마와 영화를 살폈다.

'휴…… 역시 다 본 거야. 본격적인 여운이의 첫 촬영까지는 이렇게 심심하게 살아야 하는 걸가?'

리모컨으로 열심히 채널을 돌리던 정호의 손이 갑자기 한 채널에서 멈췄다.

'잠깐 저 사람은……?'

정호의 손이 멈춘 곳은 생방송으로 퀴즈쇼가 진행되는 현장이었다.

연예인 한 명과 시청자 삼백 명이 대결을 하는 프로그램이었는데 시청자로 참여한 사람 중 한 사람이 익숙했다.

'저사람 누구지? 너무 익숙한데…….'

잠시 후 정호가 눈여겨보던 사람이 인터뷰를 시작했고 정호는 그 사람이 누군지 알 수 있었다.

'설마…… 신유나?'

◇ ◆ ◇

어느 날 한 여자 솔로 가수가 홀연히 등장했다.

그녀의 이름은 신유나.

귀여운 외모와 섹시한 눈빛, 독특한 음색, 그리고 뛰어난 가창력이라는 모든 박자가 갖춰진 완벽한 솔로 여가수의 등장이었다.

첫 반응은 그다지 좋지 않았다.

평범했고 미지근했다.

하지만 두 장의 앨범이 지나가고 〈눈부신 날〉이라는 제목의 타이틀곡이 실린 세 번째 앨범이 발매되면서 상황은 완벽하게 달라졌다.

충격이었다.

남녀 구분 없이 모두가 신유나를 응원했다.

신유나 특유의 감성은 음악사의 새로운 성취라는 평론가의 칭송마저 받았다.

신유나는 끝을 모르고 질주했다.

자만이라는 길에 빠지기 전까지.

'신유나를 자만에 빠지게 만든 건 소속사의 잘못이 크다. 남들이 그녀를 칭송할 때 소속사만큼은 그녀의 미래를 걱정해줘야 했어.'

정호의 차가 빠르게 도로를 미끄러져 갔다.

생방송 퀴즈 프로그램을 촬영 중인 상암의 한 방송국을 향해서.

'자만이라는 길에 빠져 비록 그녀의 인생이 무너지지만 그전까지만 해도 신유나는 완벽한 가수였다. 뿐만 아니라 그녀가 무너지고 나서도 그녀의 노래와 업적만큼은 사라지지 않았어. 잡아야 해. 잡아야 한다.'

방송국에 도착한 정호는 가장 빠른 동선으로 스튜디오를 찾아갔다.

촬영이 끝났는지 스태프들은 분주하게 움직이며 스튜디오 정리를 하고 있었다.

'어디 있냐? 어디 있어.'

마음이 다급해진 정호는 한 스태프를 붙잡고 물었다.

"혹시 신유나를 아시나요? 보셨어요?"

"네?"

"아니, 아닙니다."

그때 한쪽으로 아직 빠져나가지 못한 한 무리의 사람들이 보였다.

정호가 그쪽을 향해 달려가며 외쳤다.

"혹시 신유나 씨 계신가요? 신유나 씨!"

그러자 누군가 손을 들었다.

"신유나 씨?"

하지만 드러난 얼굴은 신유나가 아니었다.

신유나 또래의 어떤 여학생이었다.

"아, 저는 유나 친구인데요. 무슨 일 때문에 유나를 찾으시나요?"

정호의 입에서는 능숙하게 거짓말을 흘러 나왔다.

"저는 〈스타 퀴즈쇼〉의 FD인데요. 신유나 씨가 소지품을 두고 가서요."

"소지품이요?"

"네, 가방이요."

"이런 어쩌지. 유나는 4번 문제에서 떨어진 다음에 급한 일이 있다고 먼저 가버렸는데. 저한테 가방을 주시면 제가 유나한테 전달할게요."

"그런가요?"

"네, 물론이죠."

"알겠습니다. 그럼 실례하겠습니다."

"네?"

당장 가방을 건네줄 것 같던 정호는 신유나의 친구에게 인사를 건넨 뒤 서둘러 자리를 떴다.

그런 정호를 신유나의 친구가 어이가 없다는 듯 쳐다봤다.

하지만 정호는 신유나의 친구를 뒤돌아보지 않았다.

정호가 신경을 쓰고 있는 것은 다른 것이었다.

―시간을 결제하시겠습니까?

어김없이 정호를 찾아온 목소리였다.

이 목소리는 정호의 지루함을 날려 보낼 엄청난 기회이기도 했다.

◇ ◆ ◇

―결제되었습니다. 당신이 원하는 시간을 얻습니다.

[결제한 포인트 : 90 / 남은 포인트 : 200]

정호는 한 시간 반 전으로 돌아왔다. 정신을 차리고 눈을 떴다.

민봉팔이 손을 뻗어 테이블에 놓인 〈블루라는 이름의 리듬〉을 집고 있었다.

"내려놔."

"응?"

"그거 말고 그 옆에 놓인 〈타코라이스가 맛있는 이유〉를 집어."

"제목이 너무 별론데……? 재밌어, 이게?"

"응, 엄청. 방송국 좀 다녀올게."

"방송국은 왜?"

"현장 답사. TV 속 세상이 어떤지 눈으로 확인하려고."

연습실 밖으로 나가다가 말고 정호가 민봉팔을 돌아봤다.

"넌 TV 보지 마라. 가뜩이나 눈도 나쁜데."

"내가 눈이 나쁘다고?"

정호가 문을 넘어서면서 대답했다.

"응."

민봉팔의 반응은 한결같았다.

"그런가?"

◇ ◆ ◇

정호는 바로 상암에 있는 방송국으로 차를 달렸다.

〈스타 퀴즈쇼〉의 스튜디오에서는 한창 촬영이 진행 중이었다.

연예인 참가자는 김진호라는 개그맨이었다.

KBC의 〈개그 페스티벌〉과 〈2박 3일〉에서 활약하여 작년에 대상을 탄 경험이 있는 연예인이었다.

김진호는 지금 막 3번 문제를 풀고 있었다.

정호가 TV를 통해서 봤던 장면이었다.

"김진호 씨는 2번 간장게장을 선택하셨는데요. 어떤가요? 정답에 확신이 있으신가요."

"아뇨."

"그럼 왜 2번을 하셨어요?"

"제가 평소에 간장게장을 꼭 잡고 싶었거든요. 밥도둑이잖아요."

애드리브였는지 김진호 개그는 썩 재밌지 않았다.

하지만 진행자가 능수능란하게 김진호의 개그를 받았다.

"네에! 개그맨을 모신 줄 알았는데 경찰이셨군요. 대상 수상자답지 않은 개그 감사합니다. 그럼 김진호 씨의 정답에 확신을 주도록 해볼까요."

진행자가 시민 참가자 쪽으로 시선을 돌렸다.

신유나의 인터뷰 차례였다.

"136번분. 자기소개 좀 해주시죠."

"덕양 고등학교 2학년 신유나라고 합니다."

"2번을 선택하셨는데 특별한 이유가 있을까요?"

"특별한 이유요? 특별한 이유는 없고…… 느낌이 2번인 것 같기에……."

"오, 느낌? 이거 어쩌죠? 김진호 씨에 이어서 2번 간장게장을 확신도 없이 찍으신 분이 계시네요. 김진호 씨 지금 심정 어떠세요?"

"게 뚜껑에 밥을 비벼 먹고 싶네요."

침묵 사이로 김진호의 큼큼, 헛기침 두 번이 울려 퍼졌다.

"그래요. 지금 보니 2연속 대상 수상은 글렀군요. 그럼 분위기 전환을 위해 정답 확인하겠습니다. 정답은요?"

정답은 2번이었다.

하지만 정호가 확인하고 온 그대로 신유나는 다음 4번 문제에서 탈락했다.

◇ ◆ ◇

탈락한 신유나 자리의 불이 꺼졌다.

어둠 속에서 신유나가 퇴장하는 게 보였다.

그 모습을 지켜보고 있는데 누군가 정호에게 말을 걸었다.

"이봐요, 누구세요?"

〈스타 퀴즈쇼〉의 스태프였다.

정호는 거의 망설임 없이 대답했다.

"방금 탈락한 신유나 씨의 친오빠입니다."

"어허. 이 사람이. 여기에 계시면 안 돼요. 대기실은 저쪽입니다."

정호는 스태프 덕분에 바로 신유나를 만날 기회를 얻었다.

'갈수록 거짓말만 느는 기분이군.'

스태프가 가르쳐준 대기실로 향하며 정호가 생각했다.

대기실에 도착하자 신유나는 신유나의 친구가 말했던 것처럼 급한 일이 있는 듯 소지품을 받아서 방송국을 빠져나가려고 했다.

'어쩌지?'

정호는 신유나의 상태를 살폈다.

이마에 흐르는 식은땀이 보였다.

'그렇군……. 지금 말을 거는 건 좋지 않다.'

정호는 최대한 신중해지기로 했다.

신유나는 절대 놓쳐서는 안 될 인재였다.

좋은 타이밍을 잡기 위해 신유나를 따라나서기로 마음먹었다.

신유나는 방송국을 빠져나와 급히 택시를 잡아탔다.

정호도 신유나를 따라서 택시를 잡아탔다.

주차해둔 차를 가져오려면 너무 많은 시간이 지체됐다.

"앞에 가는 택시 따라가 주세요!"

두 대의 택시가 아주 빠르게 움직였다.

'어딜 가는 거지?'

잠시 후 신유나와 정호의 택시는 한 장례식장 앞에서 차례로 멈췄다.

'설마…….'

정호의 설마는 맞아떨어졌다.

8장. 한 발자국을 위하여

신유나는 울고 있었다.

그 앞에는 어느 노인의 사진이 걸려 있었다.

"흑흑…… 할머니…… 흑흑…… 할머니……."

정호는 주변 사람들의 이야기를 통해 이곳이 어딘지 파악했다.

이곳은 신유나 할머니의 장례식장이었다.

"아이고. 불쌍한 것. 이제 하나뿐인 할머니마저 돌아가셨으니……."

"저 집 할머니가 3년이나 병을 숨기고 있었다고요?"

"예에. 3년이나 숨기고 오늘 죽을 걸 알고 손녀를 방송국에 보냈다고 하네요."

"아이고. 불쌍한 것……."

정호는 오열하고 있는 신유나를 한동안 바라보다가 물러섰다.

'오늘은 도저히 타이밍이 나질 않네……. 시간 결제로도 살 수 없는 타이밍이 있구나…….'

장례식장을 빠져나가면서 정호는 왠지 기분이 허해지는 듯한 느낌을 받았다.

눈앞에 신유나의 눈물이 아른거렸다.

일주일 후.

정호는 신유나에게 전화를 걸었다.

"네. 여보세요?"

"신유나 씨 휴대 전화 번호 맞죠?"

"네, 맞는데요. 누구시죠?"

"안녕하세요. 소개가 늦었습니다. 저는 청월 엔터테인먼트 매니저 오정호입니다."

두 사람은 덕양 고등학교 앞 카페에 앉아 있었다.

신유나는 정호가 기억하는 것보다 앳되고 순수해 보였다.

'신유나에게도 이런 시절이 있었구나…….'

정호가 생각에 빠져 있는데 신유나가 입을 열었다.

"죄송합니다. 저는 당분간 학업에 열중할 생각이에요. 할머니가 그걸 바라셨거든요."

고개를 든 신유나의 눈에는 눈물이 살짝 어려 있었다.

아직 슬픔을 다 떨쳐내지 못한 것 같았다.

정호는 신유나가 이런 반응을 보일 거라는 걸 알고 있었다.

준비해온 얘기를 꺼냈다.

"할머니가 정말 그걸 바라셨을까요?"

"네?"

"죄송하지만 신유나 씨를 반드시 영입하고 싶어서 약간의 조사를 했습니다."

"조사요? 뒷조사를 했다는 얘기인가요?"

"네. 무례를 용서하십시오."

"휴…… 그래서요? 조사를 통해 뭘 알아냈죠?"

"신유나 씨와 신유나 씨의 할머니."

신유나가 발끈해서 자리에서 일어났다.

"이봐요!"

"정말 신유나 씨의 할머니가 당신이 학업에 열중하시기를 바라셨을까요?"

정호의 말에 당장 화를 낼 것 같던 신유나의 표정이 점점 일그러졌다.

신유나의 눈에서 눈물이 흐르기 시작했다.

"할머니가 마지막 날 당신을 방송국에 보내준 것을 기억하나요?"

신유나가 고개를 끄덕였다.

"그건 신유나 씨의 꿈을 엿보고 오라는 뜻이었습니다. 알고 계시겠지요?"

끄덕끄덕.

"그건 신유나 씨가 꿈을 이뤄 행복해지기를 바란다는 뜻이었습니다. 알고 계시지요?"

끄덕끄덕.

소리 없이 울고 있는 신유나를 물끄러미 올려다보다가 정호가 자리에서 일어났다.

볼을 타고 흐르는 눈물이 애처로워 보였다.

정호는 그 모습을 차마 계속 지켜보지 못하고 고개를 돌렸다.

"저는 간절히 신유나 씨를 원하지만 신유나 씨에게 지금 계약서를 내밀지는 않겠습니다. 준비가 되면…… 전화 주세요."

정호는 그대로 밖으로 나갔다.

그제야 신유나는 소리 내어 울기 시작했다.

시간이 흘러 〈내 사랑 티라미수〉의 대본 리딩 날이 밝았다.

정호와 민봉팔은 강여운을 데리러 가는 길이었다.

“봉팔아, 편의점 앞에 잠깐 차 세워라.”

“왜?”

“리딩 전에 여운이 뭐 좀 먹여야지. 긴장도 좀 풀어주고.”

정호는 편의점으로 들어가 양배추 샐러드, 오렌지 주스, 우황청심환을 사가지고 왔다.

“출발하자.”

차는 금방 강여운의 집 앞에 도착했다.

강여운은 집 앞에 나와 있었다.

“미리 나와 있었네. 어서 타.”

차에 올라타며 강여운이 앓는 소리를 냈다.

“아이고! 죽겠다. 긴장돼서 어제 한잠도 못 잤어요.”

“그러게 어제는 추가 연습하지 말고 아홉 시에 바로 잠부터 청하라고 했지?”

“정호 오빠! 잔소리 좀 그만해요! 봉팔 오빠는 좀 말려 보고요!”

운전을 하던 민봉팔이 말을 받았다.

“에이, 정호가 무슨 틀린 소리했냐?”

“휴! 내가 누굴 믿어.”

“됐고. 이거나 먹어.”

정호가 강여운에게 봉투를 건넸다.

“오! 센스!”

"먹고 긴장 좀 풀어. 넌 먹어야 긴장 풀리잖아."

오렌지 주스가 든 병뚜껑을 따며 강여운이 중얼거렸다.

"말을 꼭 그렇게 해야 하나……."

오렌지 주스를 마신 뒤 강여운이 한마디 더 덧붙였다.

"주스는 맛있네……. 유기농이고……."

◇ ◆ ◇

약속된 시간보다 한 시간 먼저 도착했다.

먼저 와 있는 사람은 없었다.

이번 드라마에서 단역을 제외하고 신인 배우는 강여운 단둘뿐이었기 때문에 어찌 보면 당연한 결과였다.

단역 배우들은 리딩에서 제외됐다.

강여운은 문에서 가장 가까운 자리에 배치됐다.

"여기 앉아서 다른 배우분들 오면 깍듯하게 일어나서 인사하면 돼. 어렵지 않지?"

"걱정 마요. 이런 건 내가 전문가잖아요. 그 유명한 정시정 언니랑도 언니, 동생 먹은 사람이라고요, 내가."

민봉팔이 끼어들었다.

"그건 정호가 잘해서 그렇게 된 거 아니었어?"

"그걸 꼭 그렇게 지적해야 마음이 편해요?"

"꼭 그렇지는 않지만 정호가 잘한 일인데 조금 퇴색될까 봐 걱정이라서……."

"휴! 도대체 내 매니저야, 오정호 매니저야."

그때 누군가 들어왔다.

먼저 그 사실을 알고 정호가 강여운에게 눈치를 줬다.

"안녕하세요, 선배님! 홍단비 역을 맡은 신인 배우 강여운이라고 합니다! 잘 부탁드립니다!"

반응은 각양각색이었다.

원로급 배우들은 기분 좋은 미소로 강여운의 인사를 받았다.

그 외의 배우들은 대체로 가볍게 웃으며 고개를 끄덕이고 반갑다는 말 한마디를 하는 정도였다.

보통의 신인 배우라면 기대감이 높기 때문에 이런 반응에 실망을 하기도 하지만 강여운은 그런 게 없었다.

이미 누차 정호가 그럴 수도 있다는 걸 말해둔 덕분이었다.

강여운이 힐끔 정호를 쳐다봤다.

'이 오빠는 뭐야. 나랑 비슷한 시기에 들어와서 왜 혼자 모르는 게 없는 건데…….'

정호는 왠지 강여운의 눈빛에서 생각을 읽은 기분이었다.

갑자기 들려온 목소리 때문에 더더욱 그랬다.

띠링.

—신뢰 포인트를 10 획득했습니다.

정호가 강여운에게 작은 소리로 말했다.

"왜 놀랐냐? 오빠가 너무 똑똑해서 반할 것 같아? 그러지 마라. 연예인과 매니저는 연애 금지다."

그러자 강여운이 큰 소리로 콧방귀를 뀌었다.

"흥! 혼자 김칫국은!"

이미 안면이 있는 연예인들은 삼삼오오 모여서 얘기를 나눴지만 강여운은 그럴 사람이 없었다.

그래도 문 쪽에 앉아 홀로 대본 연습을 하는 강여운은 이미지가 나쁘지 않았다.

◇ ◆ ◇

이미지가 나쁜 쪽은 아직 도착하지 않은 다른 신인 배우였다.

그 배우는 남자 주인공 역을 맡은 배우와 함께 도착했다.

"안녕하세요. 늦어서 죄송합니다."

"안녕하세요."

케스타 소속의 두 배우였다.

남자 주인공 여진호 역을 맡은 박도경과 여자 주인공 해민주 역을 맡은 유미지였다.

"오, 도경이 왔구나!"

"도경이 오랜만!"

다른 배우들이 박도경을 반겼다.

유미지는 그런 박도경을 반기는 배우들 옆에서 숫기 없이 어색한 표정을 지었다.

하지만 이런 건 다른 배우들에게 사실 큰 마이너스 요소가 되지 않았다.

문제는 이후에 시작된 대본 리딩에서 생겼다.

"자자, 지방 방송은 그쯤하고 이제 돌아가면서 인사하고 본격적인 대본 리딩을 시작해 볼까요? 안녕하세요, 저는 〈내 사랑 티라미수〉 연출을 맡은 남재식입니다. 앞으로 몇 달 동안 잘 부탁드리겠습니다."

다음으로 메인 작가인 채미선이 인사를 이어갔다.

마지막으로 강여운까지.

인사가 끝나고 바로 대본 리딩이 시작됐다.

현장 분위기는 괜찮았다.

원로급 배우들과 박도경이 대사를 주고받는 곳까지만 딱 그랬다.

해민주 역을 맡은 유미지의 연기가 시작되자 현장 분위기가 달라졌다.

신인 배우답게 어색했고 신인 배우답게 부족했지만 그걸 받아들이기는 쉽지 않았다.

유미지는 여자 주인공인 해민주였으니깐.

남재식도 놀랐는지 1화의 반만 읽고 바로 쉬는 시간을 제의했다.

"잠깐 쉬고 할까요? 운동도 원래 천천히 해야 탈이 안

나는 법이죠."

그 탓에 1화의 반까지 대사가 없던 강여운은 한마디도 하지 못 했다.

정호가 강여운에게 다가갔다.

"여운아, 수고 많았다. 나이스 연기였어."

"오빠, 나 놀려요?"

"응."

"오빠!"

정호가 본인에게는 안 어울리는 장난을 치며 강여운의 긴장을 풀어주는 사이 다른 쪽 사람들의 분위기는 좋지 않았다.

전부 드라마에 대한 걱정뿐이었다.

잠깐 화장실에 갔는지 박도경과 유미지가 대본 리딩 현장에 없었기 때문에 분위기는 가감 없이 뒤숭숭했다.

남 피디와 채 작가의 분위기도 좋지 않았다.

"어쩌죠?"

"어쩌긴. 방법을 찾아야지. 채 작가 오늘 시간 있지?"

"없어도 만들어야죠."

다시 대본 리딩이 시작됐다.

다음 대본 리딩 첫 씬이 강여운의 대사였다.

"……오렌지 주스인 줄 알았는데 먹어 보니 오렌지 맛 감기 시럽이었지, 뭐예요. 헤헤."

강여운의 대사가 끝나고 현장 분위기는 다시 달라졌다.

완벽했다.

완벽한 홍단비였다.

오히려 대본 속 홍단비보다 더 생기발랄하고 매력적인 홍단비가 현장에 있었다.

지옥이었던 현장 분위기가 천국으로 바뀌었다.

◇ ◆ ◇

천국과 지옥을 오갔던 대본 리딩이 끝났다.

박도경과 유미지가 먼저 자리를 떴다.

다른 배우들도 떠났지만 남은 배우들도 있었다.

경험 많은 배우들이었다.

그 배우들은 경험이 적은 남 피디를 걱정했다.

"남 피디, 스탠바이도 안 했는데 이러기 싫지만 어쩔 거야? 이대로는 드라마 쉽지 않을 것 같은데……."

"제가 채 작가랑 방법을 찾겠습니다. 조금만 믿어주세요. 잘 될 겁니다. 잘 될 거예요. 반드시."

채 작가는 강여운에게 다가왔다.

"여운 씨, 연기 진짜 좋았어요. 앞으로도 기대해도 될까요?"

"열심히 하겠습니다. 맡겨만 주세요, 작가님!"

"기대할게요. 앞으로 할 일이 많아질지도 모르겠어요."

강여운와 민봉팔은 채 작가가 남기고 떠난 의미심장한

말의 의미를 깨닫지 못했다.

하지만 정호는 의미심장한 말에 어울리는 의미심장한 미소를 지었다.

'좋아. 한 발자국 더.'

매니지먼트 제왕

9장. 내 친구 봉팔이

대본 리딩이 있던 날로부터 시간이 또 흘렀다.

〈내 사랑 티라미수〉 스탠바이 일주일 전.

그사이 많은 일이 있었다.

가장 흥미로운 사건은 며칠 전 있던 제작발표회였다.

대본 리딩 전날 하룻밤을 꼴딱 세운 강여운은 제작발표회 이틀 전부터 한숨도 자지 못했다.

정호가 제발 자라고 향초도 사주고 커피도 못 먹게 하고 난리를 쳤지만 소용없었다.

강여운은 퀭한 눈을 마음껏 자랑하며 기자들 앞에 섰다.

그래도 다행인 건 그렇게 졸린 와중에도 완벽하게 홍단비로 인터뷰를 했다는 사실이었다.

"안녕하세요! 홍단비 역을 맡은 강여운입니다! 헤헤."

검지로 목을 긁는 것까지도 완벽했다.

'저 정도면 걱정 없군.'

정호는 뒤에서 흐뭇하게 웃었다.

◇ ◆ ◇

사실 강여운보다 정호를 신경 쓰이게 하는 사람은 따로 있었다.

바로 민봉팔이었다.

얼마 전부터 민봉팔의 상태가 좋지 못했다.

'저 자식은 왜 저렇게 울상인 거야?'

민봉팔은 밝게 한다고 다니고 있었지만 정호의 눈에는 너무 티가 났다.

"봉팔아, 무슨 안 좋은 일 있냐?"

"으, 응? 전혀? 왜? 내가 많이 피곤해 보여?"

"당황해서 물음표 남발하지 말고. 도대체 왜 그래?"

"아무것도 아니야."

"정말 아니야?"

"아니라니까."

정호가 민봉팔을 가만히 쳐다봤다.

안절부절못하는 얼굴로 앉아 있던 민봉팔이 입을 열었다.

"그래도 고맙다. 나 걱정해 줘서."

"혼자 고민하는 거 안 좋아. 고민 있으면 말해라. 친구 좋다는 게 뭐냐?"

정호는 민봉팔의 상태가 굉장히 좋지 않다는 걸 알고 있었다.

운전을 하며 생각에 빠졌다.

'도대체 뭐지? 이 당시 봉팔이의 고민이 뭐였지?'

아무리 떠올려 보려고 해도 떠올릴 수 없었다.

당연했다.

원래라면 민봉팔은 '김교빈 생일 파티 사건'으로 모든 죄를 뒤집어쓰고 자숙을 하는 기간이었다.

당시 정호는 성공해 보겠다고 바빠서, 때론 민봉팔이 자신의 성공에 악영향을 끼칠까 두려워, 단 한 번도 연락하지 않았다.

'그러지 말았어야 했는데…… 그나저나 그때 무슨 일이 있었던 거냐, 봉팔아.'

정호는 백미러로 뒷좌석에 우울하게 앉아 있는 민봉팔을 힐끔 쳐다봤다.

새삼 너무나도 괴로웠다.

자신이 한 번이라도 민봉팔을 돌아봤다면 민봉팔은 그때 그렇게 죽지 않았을 거라는 생각도 들었다.

'벌을 받는 게 분명해. 그래…… 이건 벌이다.'

조수석에 앉아 있던 강여운이 정호에게 물었다.

"오빠? 봉팔이 오빠 요즘 왜 저래요?"

"글쎄……."

"진짜 이상하네…… 밝은 거 빼고는 볼 거 없는 오빠인데……."

"밝은 건 볼 만하고?"

"그나마 낫죠…… 못생긴 건 매한가지지만…… 근데 오빠 진짜 봉팔 오빠 왜 저러는지 몰라요?"

"몰라. 나도 답답해 죽겠다."

"피! 봉팔이 오빠는 정호 오빠에 대해서 모르는 게 없던데."

강여운의 말은 토씨 하나 틀리지 않고 사실이었기 때문에 정호는 할 말이 없었다.

'벌 받는 거다……. 벌 받는 거야…….'

며칠 후.

정호는 민봉팔의 고민이 무엇이었는지 떠올릴 수 있었다.

뜻밖의 사람에게서 얻은 뜻밖의 힌트로.

힌트의 제공자는 신유나였다.

그 주 토요일, 신유나에게서 전화가 왔다.

"만나요, 아저씨."

"기다리고 있었습니다. 어디십니까?"

"이쪽으로 오실 거예요? 여긴……."

두 사람은 다시 덕양 고등학교 카페에서 마주 앉았다.

"아저씨는 정말 그렇게 생각해요? 우리 할머니가 내가 가수가 되기를 바랐다고……."

"네."

"왜요? 왜 그렇게 생각하는데요?"

"확실한 증거 같은 건 없습니다. 다만 3년간 병을 숨기고 계시던 신유나 씨의 할머니께서 어째서 그날 신유나 씨를 방송국에 가도록 허락해 주셨는지 그 부분을 통해 추측할 뿐입니다."

신유나는 정호를 물끄러미 바라봤다.

뭔가 증거라도 찾는 눈빛이었지만 정호는 정말 아는 것이 없었다.

마음 같아서는 시간을 결제하여 신유나의 할머니에게 사정을 직접 듣고 싶었지만 그럴 수 없었다.

정호가 가진 포인트는 겨우 210이었다.

시간으로 환산하면 세 시간 반.

어떤 수를 쓰더라도 신유나의 할머니를 만날 방법은 없었다.

잠시 입을 다물고 있던 신유나가 말했다.

"저는 사실 알고 있었어요. 마지막 날 할머니가 저한테 나중에 가수가 되려면 방송국에 가서 많이 배워야지, 하며 저를 방송국에 보냈으니깐……."

신유나의 눈에는 다시 눈물이 고이기 시작했다.

"바보…… 그건 퀴즈 프로그램인데……."

정호는 냅킨을 준비하려고 했다.

하지만 그럴 필요는 없었다.

신유나는 금세 씩씩한 얼굴로 정호에게 말했다.

"계약서 주세요, 아저씨. 계약할게요."

씩씩함을 가장하는 신유나의 얼굴에서 뜻밖의 얼굴이 떠올랐다.

민봉팔이었다.

◇ ◆ ◇

'김교빈 생일 파티 사건'으로부터 몇 년 후 다시 만난 민봉팔은 애써 씩씩함을 가장하며 이런 말을 한 적이 있었다.

"걱정 마, 정호야. 우리 어머니는 좋은 데 가셨을 거야. 그러니깐 난 괜찮아."

갑자기 그날의 일이 떠올랐다.

'그래…… 봉팔이네 어머니는 감당 못할 병원비 때문에 큰 스트레스를 받았었지……'

민봉팔네 집의 사정은 예전부터 좋지 못했다.

교통사고로 아버지를 일찍 여읜 뒤 민봉팔네 집은 비정규직을 전전하는 어머니의 수입으로 살아야 했다.

민봉팔이 회사를 다니면서 사정이 나아지긴 했지만 여전히 먹고 사는 것은 모자의 가장 중요한 문제였다.

'고칠 수 있는 병에 걸렸음에도 불구하고 봉팔이네 어머니는 봉팔이에게 부담감을 안기지 않기 위해서 스스로 목숨을 끊는 비극적인 선택을 하셨지…….'

정호는 죄책감으로 마음이 한없이 무거워졌다.

만약 민봉팔이 회사에서 쫓겨나지만 않았다면 민봉팔의 어머니가 그런 극단적인 방법을 취하지 않았을 거란 생각이 들었기 때문이었다.

'지금은 봉팔이가 회사에 다니니 그런 상황까지는 일어나지 않을 가능성이 높다……. 하지만 손 놓고 있을 수도 없어. 어떻게든 급전을 마련해야 해!'

정호는 회귀 이후 돈에 대한 욕심이 거의 사라진 상태였다.

한경수에게 복수를 하기 위해서는 돈이 필요했지만 당장 급한 것은 아니라고 생각했던 탓이었다.

급한 건 돈보다는 회사에서의 성공이었다.

하지만 이제는 돈이 필요한 이유가 생겼다.

'가장 빠르게 돈을 벌 방법은 뭐가 있을까? 역시…… 로또?'

◇ ◆ ◇

신유나와는 월요일에 회사에서 다시 미팅을 갖기로 했다.

정식으로 정 실장에게 보여준 뒤 연습생으로 데려올 생각이었다.

그렇게 미팅을 끝내고 자리에서 일어나려고 하는데 신유나는 뭔가가 생각난 듯 정호에게 물었다.

"근데 아저씨…… 아저씨는 제가 노래하는 거 들은 적 있어요?"

"당연히 들어…… 본 적 없죠……. 전 원래 노래 잘하는 거 얼굴만 보고도 알 수 있어요."

"아저씨, 관상 볼 줄 알아요?"

"뭐…… 비슷한 거. 그나저나 아저씨 소리 좀 그만하면 안 돼요?"

"그럼 뭐라고 불러요?"

"매니저 오…… 빠?"

"매니저 아저씨?"

"매니저 오빠!"

"매니저 아저씨!"

"휴…… 됐어요. 아직 정식 계약을 한 건 아니니깐 호칭 문제 같은 건 정식 계약 후에 정하도록 하죠."

"좋아요, 아저씨!"

"휴…… 네네."

신유나가 먼저 카페에서 일어났다.

정호는 카페에 남았다.

한 시간이 지나고 시간을 확인했다.

오후 여덟 시 반이었다.

'좋아. 로또 번호를 확인하자. 2, 17, 19, 24, 37, 41. 보너스 3.'

그때 정호가 기다리던 목소리가 울렸다.

—시간을 결제하시겠습니까?

'기다려라. 봉팔아.'

한마음 병원, 602호 병실.

눈을 감은 한 남자가 누군가의 손을 기도를 하듯 양손으로 잡고 있었다.

남자의 이름은 민봉팔.

"어머니……."

남자가 잡고 있는 창백한 손의 주인공은 민봉팔의 어머니였다.

민봉팔의 어머니는 반듯하게 누운 채 잠든 듯했다.

"그대로 누운 채 제 얘기 들어 주세요……. 어머니가 무슨 걱정하고 있는지 알아요……. 하지만 이건 치료할 수 있는

병이고 치료비는 여기저기에서 도움을 구하고 있으니 금방 마련할 수 있을 거예요……. 그리고 어머니 아들 이제 회사 다니잖아요……."

민봉팔의 어머니는 정말 잠든 듯 대꾸가 없었다.

"어머니 잠들지 않았다는 거 알아요……. 못난 아들 믿고 조금만 기다려주세요……. 조금만……."

민봉팔이 눈가를 훔치며 자리에서 일어나 병실을 떠났다.

누워 있던 민봉팔 어머니의 한쪽 눈에서 눈물이 또르르 흘렀다.

"네? 치료비가 전부 완납되었다고요?"

민봉팔은 놀라서 간호사에게 다시 물었다.

결과는 몇 번을 확인해도 '치료비 완납' 이었다.

무겁게 짓누르던 짐이 사라지는 기분이었다.

민봉팔은 다리가 풀려 바닥에 주저앉았다.

"다행이다……. 다행이야……."

울컥 눈물이 쏟아질 것 같았다.

사실 민봉팔의 성격상 누군가에게 돈을 빌리기가 쉽지 않았다.

그래서 은행 대출을 알아봤지만 조건이 상당히 까다로웠고,

이제 신입 사원인 민봉팔로서는 큰돈을 기대하기 힘든 상황이었다.

절망적이었다.

몇 번이나 정호에게 도움을 요청할까 고민을 했을 정도로…….

하지만 가장 아끼는 친구와의 신뢰가 깨질까봐 그럴 수 없었다.

발만 동동 구르고 있는 상황이었다.

그런데 치료비가 완납됐다니 너무나 기뻤고 안심이 됐다.

한참을 주저앉아 있던 민봉팔이 벌떡 일어났다.

"그나저나 누가 치료비를 지급한 거죠?"

매니지먼트의 제왕

10장. 우울한 유출

치료비 완납의 당사자 정호는 골치를 썩고 있었다.

계속 울리는 전화 진동 소리 때문이었다.

'도대체 어디서 개인 정보가 유출된 거지……? 아니, 그보다 어떻게 1등 당첨 사실을 안 거야…….'

당첨금을 수령하고 치료비를 완납한 다음 날부터 전화가 끊이지 않았다.

모두 기부나 투자를 권유하는 전화였다.

'이렇게 전화가 계속 오면 곤란한데…….'

정말 큰일이었다.

매니저라는 직업 특성상 사람을 대하는 일이 많았기에 전화와 밀접한 관계에 놓일 수밖에 없는 정호였다.

'일단 번호를 새로 파서 휴대 전화를 하나 개통하자. 근데 진짜 어디서 당첨 사실이 유출…… 설마?'

정호는 얼마 전 일이 떠올랐다.

〈내 사랑 티라미수〉의 제작발표회 당일 저녁의 일이었다.

그날 전 스태프와 배우들의 단합을 위한 회식이 있었다.

어떤 점에서는 대본 리딩 현장이나 제작발표회보다도 중요한 자리였다.

각 소속사의 실장급 매니저들이 참여해서 소속 배우의 분량을 위한 물밑 작업을 벌인다는 점에서 전장이나 다름이 없었다.

그날 정 실장도 테이블 수시로 옮기며 얼굴 도장을 찍으러 다녔다.

강여운도 정 실장을 따라서 스태프와 배우들의 안면을 익혔다.

반면에 운전을 해야 하는 정호와 민봉팔은 멀찍이 앉아서 음료수를 마셨다.

누군가는 술잔을 든 채 분량을 위해서 싸웠고, 누군가는 음료수 잔을 든 채 지루함 이기기 위해서 싸웠다.

밤 11시쯤 1차가 끝났다.

여배우들은 이쯤에서 귀가를 하는 게 보통이었기 때문에

정호와 민봉팔도 강여운을 집에 데려다주었다.

강여운이 귀가하고 민봉팔도 바쁜 일이 있다며 먼저 들어갔다.

정호도 인사를 하고 들어가려는데 정 실장이 붙잡았다.

"맥주 한 모금도 못 해서 아쉽지 않아? 딱 한잔만 더 하고 가자."

정호는 단 하나도 아쉬운 게 없었지만 정 실장이 너무나 아쉬워 보여 따라나섰다.

실내 포장마차에서 두 사람은 술잔을 기울였다.

잠깐 마시다가 들어가려고 했는데 오랜만에 마셔서 그런지 소주가 달았다.

어느새 술병이 한쪽 가득 쌓였다.

'그 장면이 마지막이다. 테이블을 가득 메운 술병. 난 분명 정 실장이 나보다 취했을 거라고 생각했는데…….'

드문드문 몇 가지 장면이 생각났다.

민봉팔한테 너무나 미안하다고 말하는 장면.

자신이 정 실장에게 1등 로또를 보여주는 장면.

이걸로 민봉팔을 돕겠다고 말하는 장면.

정 실장이 술에 취해 로또를 뺏으려고 손을 뻗지만 그걸 피하는 장면.

'다행히 시간 결제에 대해서는 말한 게 없는 것 같군. 하긴 그랬다면 기부 단체나 사업가가 아니라 과학자에게 전화가 왔겠지.'

한편으로는 다행이었다.

그러나 다른 한편으로는 이런 생각이 들었다.

'매니저가 전화를 쓰지 못할 정도라니…… 정 실장은 도대체 몇 명한테 말하고 다닌 거야!'

술에 취해 실토한 자신의 실수는 잊고 다음부터는 돈이 필요해도 웬만하면 로또는 하지 않겠다고 다짐하는 정호였다.

그리고 나중 일이지만 정호는 이 유출 사건이 시간 결제의 페널티라는 걸 뒤늦게 깨달았다.

'근데 정 실장님이 이런 얘길 하고 다닐 사람이었나……?'

시간이 조금 지나자 정호는 문득 이런 생각이 들었다.

그러던 어느 날, 목소리 하나가 들려왔다.

—정도를 지나친 시간 결제의 페널티. '유출'이 끝이 납니다.

이건 정호도 알지 못했던 시간 결제의 페널티였다.

정호는 가까운 대리점에서 휴대 전화를 새로 개통하고 주변 사람들에게 전화번호를 돌렸다.

예전 휴대 전화는 아예 꺼놨다.

지이잉.

'번호를 돌리자마자 전화가 오네.'

민봉팔의 전화였다.

민봉팔은 전화를 받자마자 질문을 쏟아냈다.

"정호야. 네가 정말 치료비를 내준 거야? 돈이 어디서 난 건데? 아니, 그보다 우리 어머니 일은 어떻게 안 거야?"

"무슨 질문이 이렇게 많아. 내가 낸 거 맞고. 돈은 우리 어머니가 나중에 내 결혼식에 보태라고 모아놓으신 거고. 문제가 있다는 건 네 얼굴에 써져 있어서 알았다. 됐냐?"

"정호야……."

"너무 고마워하지도, 미안해하지도 마. 누가 공짜로 빌려준데? 어차피 갚아야 할 돈이야."

"그래도……."

"그러지 말라니깐. 그리고……."

띠링.

—신뢰 포인트를 350 획득했습니다.

"너만 받은 거 아니야. 나도 좋은 거 받았어."

◇ ◆ ◇

당장 만나서 자신의 고마움을 전해야겠다는 민봉팔을 말리고 정호는 이왕 생긴 돈을 사용하기 위해 움직였다.

정호가 가진 돈은 21억 가량 되었다.

민봉팔에게 지금까지의 치료비와 앞으로의 치료비 1억 5

천을 보내고 남은 돈이었다.

우선 10평짜리 자취방에서 나와 18평짜리 오피스텔을 새로 계약했다.

대표였던 시절 정호가 살던 집에 비하면 누추하기는 매한가지였지만, 그래도 집은 깔끔한 편이었다.

뿐만 아니라 중고형 세단을 구입하고 기존에 타고 다니던 낡은 경차를 팔기로 했다.

그렇게 분주하게 움직여 이사 날짜와 차량 수령일까지 정하고 나자 밤 10시가 훌쩍 지나 있었다.

'피곤하군. 이제 집에 가서 쉬도록 하자. 내일 첫 촬영도 있으니…….'

지이잉.

휴대 전화가 다시 울린 것은 그때였다.

강여운이었다.

"응, 여운아. 이 시간에 어쩐 일이야."

"오빠, 큰일 났어요!"

"무슨 일?"

"도저히 오늘도 잠을 못 잘 것 같아요."

"……."

"어쩌죠? 이대로라면 다크 서클을 잔뜩 달고 TV에 나오게 생겼다고요!"

"……."

"오빠?! 제 말 듣고 있어요? 오빠?!"

"듣고 있어."

"오빠, 저 어쩌죠?"

"여운아."

"네, 오빠."

"넌 내가 봐온 최고의 배우 중 하나야. 앞으로도 그럴 거고, 나중에도 그럴 거야."

정호는 피곤했지만 강여운의 매니저로서 진심을 얘기하기로 했다.

이건 한 점의 부끄러움도 없는 진심이었다.

이전의 삶에서 강여운이라는 배우가 꽃도 피우지 못하고 져버렸다는 게 아쉬울 정도로 강여운의 연기는 정말 좋았다.

특히 연습을 할수록 완벽하게 그 배역을 자신의 것으로 잘 끌고 오는 것이 인상적이었다.

이런 성장 속도는 이전의 삶에서도 몇 번 본 적이 없었다.

"오빠……."

"그래. 그러니깐 자신감을 가져."

감동적인 분위기는 오래가지 않았다.

"근데 오빠 지금까지 맡은 배우 저밖에 없지 않아요?"

"어…… 어?"

"그런데도 그렇게 확신해도 되는 거예요?"

"내, 내가 맡은 배우는 처, 처음이지만 평소에 드, 드라마도 많이 보……"

정호가 당황해서 말을 버벅거렸다.

하지만 다음에 이어진 강여운의 말이 정호를 더 당황스럽게 했다.

"고마워요."

"어…… 어?"

"고맙다고요. 그래도 오빠가 그렇게 말해줘서 힘이 나요. 그럼 저 자러 갈게요. 오빠도 잘 자요."

"어…… 어, 그래. 잘 자라."

툭.

전화가 끊겼다.

새로 산 휴대 전화 화면을 바라보며 정호는 오늘이 굉장히 피곤한 하루라고 생각했다.

그럼에도 불구하고 정호의 입에는 미소가 걸려 있었다.

첫 촬영 당일.

세 사람은 한 시간 일찍 촬영장에 도착했다.

강여운은 촬영장을 활보하며 인사부터 했다.

"안녕하세요! 홍단비 역을 맡은 신인 여배우 강여운이라고 합니다! 잘 부탁드립니다!"

정호와 민봉팔도 예외는 없었다.

강여운의 속도에 맞춰 인사를 다녔다.

"잘 부탁드립니다! 매니저 오정호입니다!"

"잘 부탁드립니다! 매니저 민봉팔입니다!"

정호와 민봉팔은 비닐봉지에 든 캔 커피를 아낌없이, 차별 없이 사람들에게 나눠줬다.

"고맙습니다."

"잘 마실게요."

강여운의 활기찬 인사는 첫 촬영의 긴장감을 기분 좋게 날려 보냈다.

다른 사람들도 기분이 좋아졌는지 강여운의 인사에 대체로 화답하는 편이었다.

저번 대본 리딩 때보다 한결 나은 반응이었다.

그렇게 인사를 다니길 이십여 분.

핵심 인물인 남 피디가 등장했다.

"반갑습니다. 시작부터 분위기가 좋네요. 이 분위기 살려서 잘 찍어 봅시다."

다른 사람들이 남 피디의 인사를 받았다.

"안녕하세요, 피디님!"

"피디님, 그간 잘 지내셨어요?"

남 피디도 부지런히 사람들에게 인사를 다니며 촬영 준비도 잊지 않고 했다.

정신이 없는 와중에도 착착 필요한 지시를 해내는 게 인상적이었다.

'역시. 나이답지 않게 괜찮은 솜씨군. 사람들 다루는 게

예사롭지 않아.'

정호가 힐끔거리며 남 피디의 행동을 관찰했다.

'내가 기억하는 대로라면 연출력도 평균 이상이지. 기대해 보겠다, 남 피디.'

◇ ◆ ◇

"짠! 어때요?"

메이크업을 끝마치고 강여운이 촬영 의상을 입은 채 정호와 민봉팔 앞에 섰다.

회사에서 이번 드라마 촬영 기간 동안 붙여준 주현정 코디가 입을 열었다.

"어머. 사랑스러운 것 좀 봐. 완전 홍단비네. 완전 홍단비야."

정호는 주 코디가 〈내 사랑 티라미수〉의 원작을 보긴 했는지 의심스러웠다.

확실히 캐주얼하게 잘 차려 입긴 했지만 사실 홍단비답다는 어떤 복장 같은 건 없었다.

원작에서 홍단비는 거의 노란색 블라우스만 입고 다녔기 때문이었다.

지금의 복장은 협찬 문제로 추가된 의상이었다.

하지만 정호는 이 부분에 대해서 아무 말도 하지 않았다.

대신 깜짝 변신을 하겠다며 정호와 민봉팔을 차에서 쫓아내고 메이크업을 받은 강여운에게 말했다.

"괜찮네. 아주 보기 좋아."

"겨우 그게 끝?"

강여운이 시무룩해하자 민봉팔이 끼어들었다.

"여운아, 너무 예쁘다. 여신인 줄 알았어! 이야! 연예인은 꾸미니깐 확실히 다르구나!"

하지만 강여운의 기분은 풀리지 않은 듯했다.

"됐어요."

민봉팔이 소리 없이 과장된 표정으로 정호에게 의사를 표현했다.

'야야, 정호야. 어서 여운이 칭찬 좀 해줘.'

정호는 새삼 피곤해지는 걸 느끼며 한숨을 뱉듯 말했다.

"휴! 예쁘다. 아주 예뻐서 여신이야, 정말."

강여운의 표정이 확 밝아졌다.

"히. 정말요?"

"응."

"히히. 인정하는 거구나? 나는 여신, 오빠는 꼴뚜기."

"뭐?"

옆에서 민봉팔이 풉, 하며 터져 나오는 웃음을 참았다.

그런 민봉팔을 가리키며 강여운이 말했다.

"이쪽은 왕꼴뚜기."

세 사람을 구경하던 주 코디가 푸하하, 큰 소리로 웃음을 터뜨렸다.

첫 촬영의 긴장감이라고는 전혀 느껴지지 않았다.

그사이 촬영 준비가 끝났다.

첫 씬은 여자 주인공 해민주가 활기차고 발랄하게 하루를 시작하는 장면이었다.

한쪽에서 쉬고 있던 유미지가 좋지 않은 표정을 한 채 카메라 앞에 섰다.

남 피디가 첫 씬의 동선 및 상황 등에 대해서 브리핑을 하는 동안에도 유미지의 표정은 시종일관 좋지 않았다.

"이해했지? 좋아, 시작합시다. 레디! 액션."

해민주 역을 맡은 유미지가 침대에서 기지개를 켜며 일어났다.

메이크업을 받은 유미지의 미모는 빛이 났다.

괜히 케스타라는 걸출한 소속사의 배우가 아니었다.

하지만 뛰어난 외모가 뛰어난 연기력을 보장하는 것은 아니었다.

유미지가 하품을 한 뒤 기지개를 켜는 순간, 남 피디의 목소리가 끼어들었다.

"컷. 다시."

유미지가 다시 기지개를 켰다.

"컷. 다시."

기지개를 켰다.

"컷. 다시."

…….

그렇게 순식간에 여섯 번의 NG가 났다.

촬영장의 분위기가 차갑게 식었다.

"어제 떨려서 통 잠을 못 잤더니 눈이 침침하네요. 오 분만 쉬었다가 다시 가죠."

남 피디의 표정도 좋지 않았다.

"어쩌지, 정호야? 분위기가 왜 이래?"

민봉팔이 놀라서 정호에게 물었다.

'유미지의 연기가 이 정도로 최악이었나…… 이래서 첫 화부터 망작 소리를 들은 거군.'

케스타 쪽에서 나온 유미지의 매니저로 보이는 사람의 표정도 영 좋지 못했다.

"침착해. 이제 시작이잖아. 여운이 너도 네 역할에만 집중하고."

잠시 후 남 피디가 돌아왔다.

두 번 정도 NG가 더 나고 나서야 결국 오케이 사인이 떨어졌다.

하지만 촬영장의 분위기는 여전히 찬물을 끼얹은 듯 냉랭했다.

모두가 알고 있었다.

최선이 아닌 차악을 선택한 오케이 사인이었다는 것을.

매니지먼트 제왕

11장. 달궈지는 불판

이후 남 피디는 유미지가 연기하는 첫 화의 모든 씬을 빠르게 처리했다.

'기대치를 낮췄군. 방법이 없었겠지.'

촬영장 분위기를 위해, 배우들과 스태프들의 컨디션을 위해, 남 피디가 선택할 수 있는 방법은 이 정도뿐이었다.

정호의 눈에는 이 사실이 확연히 보였다.

그나마 박도경이 남자 주인공인 여진호 역을 훌륭히 소화하고 있다는 점은 불행 중 다행이었다.

'인물의 성격과 분위기가 지금껏 박도경이 맡아온 역할들과 비슷하다. 그래서 그런지 연기에 별 무리가 없군.'

제빵 회사 오너의 아들인 여진호는 차갑고 무뚝뚝한

성격이지만 제빵 실력만큼은 타의추종을 불허하는 인물이었다.

박도경은 이 인물을 꽤나 훌륭히 소화했다.

연기력이 좋은 건 박도경만이 아니었다.

'다른 배우들도 연기력이 괜찮군.'

유미지를 제외하면 대부분의 배우들이 합격점에 가까운 연기를 펼치고 있었다.

그럼에도 불구하고 분위기는 좋아지지 않았다.

유미지가 맡은 해민주는 그만큼이나 중요한 비중을 차지하는 극중 배역이었다.

◇ ◆ ◇

첫날 촬영이 막바지에 이르렀다.

그날 강여운이 찍어야 하는 씬은 단 하나뿐이었다.

해민주와 홍단비가 대화를 나누는 장면이었다.

두 사람은 고등학교 동창으로 둘도 없는 친구라는 설정이었다.

두 사람의 호흡이 상당히 중요했다.

웹툰에서도 서로 경쟁하듯 똥꼬발랄한 행동하는 것으로 유명했다.

팬덤을 형성하는 데 크게 기여한 부분이기도 했다.

어떤 팬들에게는 〈내 사랑 티라미수〉 1화의 가장 중요한 장면으로 비칠 것이 분명했다.

또한 남 피디가 개인적으로 가장 좋아하는 장면이기도 했다.

하지만 이 장면을 찍기 위해 분주히 움직이는 스태프들을 보며 남 피디는 착잡한 표정을 감추지 못했다.

'두 사람 다 하필이면 신인 배우라니…….'

특히 남 피디는 해민주 역을 맡은 유미지의 연기를 보며 실망감을 감출 수 없었다.

'내가 바보였다. 대본 리딩 이후로 더 확실한 조치를 취했어야 했는데 덜컥 케스타가 잘 준비시키겠다고 사정사정하는 말을 믿었으니…….'

케스타는 스탠바이 전까지 최고의 트레이너들을 붙여 유미지를 완벽한 해민주로 만들겠다고 장담했다.

하지만 그 장담은 지켜지지 못했다.

'절망적이다…… 망했다고!'

그때 남 피디 눈에 강여운이 들어왔다.

강여운은 자신의 매니저들과 웃으며 잡담을 나누고 있었다.

'그래, 저 아이라면…… 리딩 때 보여준 그 실력이라면…….'

동시에 채 작가가 당부했던 말이 떠올랐다.

"들어봐요. 피디님이 케스타를 믿어 보겠다면 말리지 않겠어요. 다만 일이 잘 풀리지 않을 경우 강여운을 눈여겨보세요. 그 아이가 우릴 살릴 거예요."

남 피디는 채 작가의 말을 떠올리며 고개를 끄덕였다.

한편 정호는 남 피디의 시선을 의식하며 강여운에게 말했다.

"여운아, 이제 네 차례다. 마음 편히 실력을 보여줘."

가장 밝은 빛과 가장 어두운 빛.

두 가지 빛은 곧 누가 더 빛나는지 자신들도 모른 채 대결을 벌일 예정이었다.

◇ ◆ ◇

3주 후.

〈내 사랑 티라미수〉의 첫 방송이 브라운관을 타고 전국에 방송됐다.

시청률은 7.8퍼센트로 나쁘지 않았다.

기존 팬층이 워낙 두터워서 가능한 일이었다.

하지만 반응이 좋았다고 할 수는 없었다.

오히려 최악에 가까웠다.

실시간 검색어가 이러한 사실을 적나라하게 드러내고 있다.

1위 유미지.

2위 유미지 노답 연기.

3위 해민주.

4위 내 사랑 티라미수.

…….

정호와 민봉팔은 〈내 사랑 티라미수〉의 3화를 찍고 있는 촬영장 한쪽 구석에 앉아서 첫 방송을 모니터링 했다.

그리고 시종일관 두 사람은 침묵할 수밖에 없었다.

"그래도 우리 여운이는 예쁘지 않나?"

분위기를 바꿔 보겠다고 간신히 민봉팔이 한마디를 덧붙였지만 민봉팔의 말은 허공으로 흩어졌다.

"됐다. 간식거리나 사올게. 넌 뭐 필요한 거 있어?"

정호가 차를 몰아 간식거리를 사러 갔다.

촬영장에서 제공되는 도시락이 있었지만 연기를 하는 배우들은 꾸준히 간식을 섭취하여 영양을 보충해야 했다.

그러지 않을 경우 정신력과 심력을 많이 소모하는 연기자로서는 신경이 날카로워질 수밖에 없었다.

특히 홍단비 역을 맡은 강여운은 신경이 날카로운 듯한 인상을 주어서는 안 됐다.

정호가 간식거리를 사 가지고 돌아왔다.

그사이 강여운도 주 코디와 함께 모니터링을 하고 있었다.

모니터링을 마친 강여운과 주 코디의 반응도 앞선 두 사람과 크게 다르지 않았다.

평소 백치미를 한껏 뽐내는 강여운도 진짜 백치가 아니었기에 지금의 상황이 얼마나 심각한지 알았다.

민봉팔 못지않게 칭찬을 남발하기 좋아하는 주 코디 또한 굳게 입을 다물었다.

"자, 간식이나 드십시다."

정호가 간식을 꺼내놓고 나서야 두 사람의 표정이 나아졌다.

그래도 여전히 분위기는 우중충한 편이었다.

촬영장 분위기가 전체적으로 그랬다.

특히 케스타에 소속된 두 배우가 있는 곳은 햇빛이 닿지 않는 듯 우울하기 그지없었다.

유미지는 당장이라도 바스라질 것처럼 딱딱한 표정을 한 채 앉아 있었다.

탑급 배우인 박도경조차도 말없이 촬영장 분위기를 살폈다.

남 피디는 우울한 촬영장 분위기를 잡기 위해 애를 썼지만 쉽게 개선되지 않았다.

전 스태프들과 배우들이 좀비가 된 듯했다.

정호가 촬영장을 찬찬히 살피다가 한숨을 내쉬었다.

'휴! 백치가 필요할 때군.'

정호가 차에서 쉬고 있는 강여운을 손짓으로 불렀다.

"왜요, 오빠?"

"촬영하느라 힘들지?"

강여운이 애써 밝은 얼굴로 대답했다.

"약간? 그래도 이렇게 촬영을 해서 즐거워요. 지금 기분 같아선 드라마 두 개도 찍을 수 있을 것 같다니까요."

"그래? 그럼 잘됐다. 지금 나랑 봉팔이가……."

잠시 후 강여운은 발에 불이 날 것처럼 빠르게 돌아다니며 사람들에게 빵과 우유를 나눠줬다.

정호가 알려준 대사를 치면서.

"어머! 선배님. 아까 연기 잘 봤어요! 연륜이 묻어나는 연기! 정말 존경합니다, 선배님!"

"선배님, 진짜 냉동인간 아니에요? 예전에 〈감나무에 행복 걸렸네〉 시절 그대로세요! 완전 부러워요!"

행복과 감격에 겨워 있는 듯한 표정의 강여운이었지만 속마음은 표정과 전혀 달랐다.

'정호 오빠는 왜 맨날 나한테 이런 걸 시키는 거야. 이러다가 내가 진짜 백치로 보이면 어쩌려고.'

멀찌감치 떨어져서 강여운을 지켜보고 있던 정호는 강여운의 속마음이 빤히 들여다보이는 것 같아서 피식 웃었다.

이십여 분이 지났다.

강여운의 활약으로 촬영장 분위기는 급격히 좋아졌다.

남 피디는 멀뚱히 빵과 우유를 손에 든 채 놀라는 중이었다.

'뭐지? 이런 게 가능하다고? 진짜 저런 성격인 건가?'

강여운은 빵과 우유를 나눠주는 순간에도 완벽하게 홍단비처럼 행동하고 있었다.

'채 작가의 말이 맞았어. 쟤는 진짜 물건이다!'

강여운을 비롯한 대부분의 사람들은 모르고 있었지만 사실 2화부터 조금씩 기존의 계획보다 홍단비의 분량이 늘어나고 있었다.

남 피디와 채 작가는 둘만의 회의를 통해 자연스럽게 이야기 구도가 홍단비로 향하게 하기로 합의한 상태였다.

그게 두 사람이 떠올린 반전을 꾀할 수 있는 유일한 방법이었다.

'이번 3화에서 홍단비는 해민주만큼이나 중요한 역할을 한다. 그리고 4화에서는 해민주를 넘어서지.'

원래라면 가능하지 않은 일이었다.

갑자기 대본을 바꾸는 것은 그만큼 위험 부담이 컸다.

하지만 〈내 사랑 티라미수〉는 이런 일이 가능했다.

채 작가가 대본 리딩 날 이후로 상황을 예측하고 미리 홍단비 위주의 대본 수정 작업을 했기 때문이다.

남 피디는 작업실에서 열심히 다음 화를 집필 중인 채 작가에게 전화를 걸었다.

"채 작가님. 강여운은 진짜 물건입니다."

"그래요?"

"네네. 그러니 걱정 말고 채 작가님의 안목을 믿고 홍단비 위주의 대본을 써주십시오."

"호호호. 그렇군요. 알겠어요. 걱정 마세요."

두 사람은 몇 마디 더 잡담을 나누다가 전화를 끊었다.

'홍단비. 아니, 강여운. 너의 능력을 보여줘! 결국 이 작품의 흥행은 너의 손에 달렸다!'

남 피디는 남모르게 염원을 담아 생각했다.

놀라기는 강여운도 마찬가지였다.

'뭐야…… 정호 오빠 말대로 했더니 정말 이번에도 이렇게 된 거야?'

강여운은 놀라서 정호를 올려다봤다.

연기는 잘하지만 강여운이 거짓말까지 잘하는 건 아니었다.

오히려 거짓말은 전혀 하지 못하는 편이었다.

생각이 전부 얼굴에 드러났다.

띠링.

—신뢰 포인트를 50 획득했습니다.

누군가의 목소리가 정호의 생각에 확신을 주기도 했지만.

"뭘 그렇게 쳐다봐?"

"아, 아니에요. 그나저나 촬영장이 꽤 덥죠?"

강여운이 손부채질을 했다.

'이럴 때는 괜히 멋있어 가지고…… 그리고 내가 쳐다본 건 또 어떻게 안 거야?'

정호는 그런 강여운이 귀여웠다.

"덥긴 뭐가 더워. 오늘 진짜 쌀쌀한데. 주 코디님 여운이 외투 좀 가져다주세요. 춥겠어요."

주 코디가 "네."하고 대답하며 트렁크 쪽으로 갔다.

"덥다니깐 왜 그래요! 언니, 괜찮아요. 저 그러다 더워 죽어요."

"진짜 더워? 왜? 나 보고 새삼 반해서?"

"네에?! 와, 완전 미쳤나봐. 내, 내가 반하긴 누구한테 반해. 꼬, 꼴뚜기 주제에."

"있어, 꼴뚜기에 반한 자칭 여신님이. 너무 빠지진 마라. 매니저랑 연예인은 이뤄질 수 없단다."

"흥! 그런 거 아니거든요! 언니! 저 진짜 외투 필요 없어요."

민망했는지 강여운이 조수석에서 내려 주 코디를 따라갔다.

"그만 좀 놀려. 여운이 삐지겠다."

목소리를 낮추며 민봉팔이 정호를 말렸다.

"왜 귀엽잖아."

"뭐…… 우리 여운이가 귀엽긴 하지……."

정호의 시선이 강여운을 향했다.

'으이그, 꼬맹이.'

정호의 눈에 강여운은 딱 그 정도로 보였다.

◇ ◆ ◇

다음 날.

〈내 사랑 티라미수〉의 2화가 방영됐다.

혹평이 노이즈 마케팅 효과를 냈는지 시청률은 전날보다 0.3퍼센트가 오른 8.1퍼센트였다.

하지만 반응은 여전히 좋지 못했다.

시청자 게시판과 각종 온라인 커뮤니티에서는 전날과 마찬가지로 악평이 쏟아졌다.

사상 최악이라는 말이 등장할 정도였다.

그런 가운데 누군가 한 커뮤니티에 댓글을 달았다.

[그래도 홍단비는 잘하지 않냐?ㅇㅇ 이 배우 누구임?]

[홍단비가 잘하면 뭐 하냐. 해민주가 씹망인데ㅋㅋㅋㅋ]

[홍단비 역 청월 신인임.]

[청월 신인이구나. 나도 홍단비 좋던데?]

[홍단비 잘함. 원작보다 느낌 있음ㅇㅇ]

[1화에서 둘이 같이 나올 때 알아봤다ㅋㅋㅋㅋ 해민주가 홍단비한테 개밀리더라ㅋㅋㅋㅋㅋ]

[해민주, 홍단비한테 똥꼬발랄 밀린 거 실화임?]

슬슬 불판이 달궈지고 있었다.

홍캐리의 전설이 시작됐다.

12장. 으이그, 둔한 짐승들

〈내 사랑 티라미수〉는 한 주 한 주 지날수록 시청률이 큰 폭으로 상승했다.

해민주는 완전히 조연으로 밀려났다.

대신 홍단비가 그 자리를 완벽하게 꿰찼다.

한창 〈내 사랑 티라미수〉의 9화를 촬영 중인 현장에서는 강여운과 박도경의 열연이 펼쳐졌다.

늘 해민주라는 그늘 아래에서 스스로도 인지하지 못한 채 상처를 받아온 홍단비.

그런 홍단비한테 제빵 회사 오너의 아들이자 수석 제빵사인 여진호가 사랑을 고백한다.

하지만 여진호를 향한 해민주의 마음을 알고 있는 홍단비로서는 여진호의 마음을 받아들일 수 없다.

여진호가 자신을 사랑한다는 사실조차 믿지 못한다.

홍단비가 고개를 떨어뜨린 채 중얼거리듯 말한다.

"어째서 민주가 아닌 저한테 온 거예요…… 어째서……."

고개를 드는 홍단비.

"진호 씨가 얼마나 섬세한 사람인지 알아요. 하지만 저를 동정하는 거라면…… 필요 없……."

늘 말수가 적은 여진호였지만 이번만큼은 참지 못하고 화를 내듯 말을 가로챈다.

"너야! 내가 사랑하는 사람은 민주가 아니라, 해민주가 아니라, 홍단비! 바로 너라고!"

여진호가 큰 동작으로 허리를 접고 거칠게 잡아채며 홍단비에 키스를 시도한다.

포개지는 두 입술.

홍단비가 자리에서 일어나 여진호의 키스에 호응한다.

"오케이!"

오케이 사인이 떨어지자마자 주 코디가 흥분했다.

"어머, 어머. 어쩜 너무 잘 어울린다! 두 사람, 꼭 잘됐으면 좋겠는데……."

팔불출이 따로 없는 주 코디의 모습이었다.

질세라 민봉팔도 팔불출 행동에 가세했다.

"와, 정호야. 요즘 여운이 진짜 예쁘지 않냐? 저런 감동적인 장면에서 키스를 해서 그런가? 너무 예쁘다. 너무 예뻐."

두 사람이 호들갑을 떨며 좋아했지만 정호의 표정은 좋지 않았다.

'느끼해. 유치해. 도대체 사람들은 이런 걸 왜 보는 거지?'

사실 정호는 로맨스라는 장르 자체를 별로 즐기지 않는 편이었다.

대본으로 볼 때는 상관없었지만 TV나 영화로 보면 저절로 손발부터 오그라들었다.

'다음에는 여운이를 스릴러에 넣어야겠다. 도저히 못 봐주겠어!'

촬영을 끝낸 강여운이 세 사람이 있는 곳으로 걸어왔다.

"어머. 너무 수고 많았어, 여운아! 정말 너무 예뻐서 여자인 내가 반할 뻔했다, 얘."

"여운아, 대박이다. 난 여신이 키스하는 장면 살면서 처음 봤다."

주 코디와 민봉팔이 번갈아가면서 칭찬을 했다.

"헤헤. 고마워요. 언니, 오빠."

방금까지 감정 연기를 한 사람답지 않게 강여운이 해맑게 웃으며 대꾸했다.

그러다가 힐끔 정호를 쳐다봤다.

정호의 인상은 아직 펴지지 않은 상태였다.

"오, 오빠는 왜 칭찬 안 해요?"

갑자기 말을 더듬는 강여운이 이상했지만 정호는 인상을 펴고 순순히 강여운을 칭찬해줬다.

"뭐…… 잘했어."

"자, 잘했어요? 나 정말 잘했어요?"

"응. 잘했어. 뭐, 더 바라는 거 있어?"

"아, 아니. 그런 거 없어요."

"응. 아니면 말고. 봉팔아, 몇 분 대기라고 했지?"

정호가 그렇게 강여운에게서 시선을 돌리며 민봉팔에게 말을 걸었다.

그러자 다급하게 강여운이 정호를 붙잡았다.

"자, 잠깐만요. 오빠."

"응? 왜?"

강여운은 뭔가를 말하고 싶은 표정이었지만 우물쭈물 망설였다.

한참을 망설이다가 강여운이 정호에게 물었다.

"내, 내가 키스신 했다고 오빠 혹시 삐친 거 아니죠?"

"내가? 내가 왜 삐져?"

정호가 황당해하며 웃음을 짓자 강여운의 표정이 갑자기 일그러졌다.

"힝! 안 삐쳤어요? 정말 아무렇지도 않아요?

"응."

"치! 몰라요. 아니면 말라고요!"

강여운이 휑하니 차로 뛰어갔다.

옆에서 그 모습을 보고 있던 민봉팔이 의아해하며 물었다.

"여운이 갑자기 왜 저래?"

"글쎄. 나도 전혀 모르겠는데? 아직 감정에서 못 빠져나왔나……."

답답한 두 남자를 보며 주 코디가 한숨을 내쉬었다.

'으이그, 둔한 짐승들.'

〈내 사랑 티라미수〉는 6화를 지나며 17퍼센트의 시청률을 넘어섰다.

동시에 시청자 게시판 및 각종 커뮤니티 게시판은 홍단비에 대한 칭찬으로 넘쳐 났다.

특히 채미선이 원작의 작가라는 사실이 밝혀지면서 홍단비의 여론은 급격히 좋아졌다.

[어쩐지 연기 노답 해민주를 버리고도 내용이 자연스럽다더니ㅇㅇ 사랑해요! 홍단비!]

[이 드라마는 진짜 홍단비가 캐리하는구나ㅋㅋㅋㅋ]

[홍캐리 실화냐?]

[홍캐리 존예 포스에 상큼발랄 지린다ㅋ 문제는 현실에는 저런 여자가 없다는 거ㅋㅋㅋㅋㅋㅋㅋ]

[홍단비를 응원합시다, 여러분!]

[원작의 느낌을 살리면서도 홍단비라는 캐릭터를 재조명하면서 드라마계의 새바람을 일으켰다.]

[네. 여기까지 드라마 평론가.]

[여진호…… 우리 단비 언니랑 키스하지 마라. 죽여 버리는 수가 있다ㅂㄷㅂㄷ]

정호는 온라인상의 반응을 살피며 흐뭇해했다.

'이 정도면 내가 적극적으로 케어하지 않아도 여운이가 알아서 잘할 수 있을 게야. 옆에 봉팔이랑 주 코디님도 붙어 있고.'

상황이 어느 정도 안정됐으니 이제 먼 미래를 준비할 때였다.

정호의 머릿속에 얼마 전 정식 계약을 맺고 연습생으로 들어온 신유나가 떠올랐다.

지이잉.

때마침 댓글을 살피던 스마트폰으로 전화가 걸려왔다.

정 실장이었다.

"어! 정호야. 잘 지내고 있지? 애들도 잘 있고?"

"네. 봉팔이도, 주 코디도 잘 있습니다. 특히 여운이가 아주 잘 지내고 있죠."

"그래, 잘됐네. 난 네가 이렇게 일을 낼지 알고 있었다."

장난기 어린 말투였지만 이건 정 실장의 진심이었다.

어느새 1290까지 쌓인 신뢰 포인트가 이런 사실을 증명했다.

〈내 사랑 티라미수〉가 성공하면서 강여운은 인기를 얻었고 정호는 신뢰 포인트를 얻었다.

정 실장을 비롯하여 민봉팔, 주 코디, 황 팀장, 남 피디, 채 작가 등 다양한 사람들이 정호에게 크고 작은 신뢰 포인트를 선사했다.

'유용하게 쓸 수 있는 무기를 얻었다.'

정호는 속으로 생각했다.

전화기로 다시 정 실장 목소리가 넘어왔다.

"그래, 그럼 거기 현장은 좀 안정된 거지?"

"뭐, 그런 셈이죠."

"그럼 너 잠깐 회사 좀 들어와라. 이번에 네가 데려온 신유나와 관련해서 상의할 게 좀 있어."

〈내 사랑 티라미수〉 9화의 다른 신을 찍고 돌아온 강여운이 물었다.

"봉팔 오빠, 잔소리꾼 어디 갔어요?"

"누구? 정호?"

"여기에 잔소리꾼이 정호 오빠 말고 또 누가 있겠어요."

민봉팔이 곤란해하며 말했다.

"너는 애가 왜 그러냐? 우리 정호가 얼마나 너한테 잔소리를 했다고……."

"오빠는 도대체 누구 편이에요?"

"음…… 네 편이기도 해."

"그건 정호 오빠 편이라는 소리네요?"

"뭐, 조금은 더 그쪽이지."

강여운이 한숨을 쉬며 중얼거렸다.

"휴! 뭐 이런 순진해 빠진 사람이 다 봤나."

"뭐?"

"아니, 됐어요. 근데 진짜 정호 오빠 어디 간 거예요?"

옆에 있던 주 코디가 대답했다.

"오 매니저님은 사무실 들어갔어."

"사무실? 거긴 왜요?

다시 민봉팔이 말이 받았다.

"왜긴 왜야. 이번에 데려온 신유나 문제 때문이지."

갑자기 강여운이 분통을 터뜨렸다.

"이 사람이 진짜! 매니저가 무슨 연예인 허락도 없이 사무실에 막 들어가요!"

강여운의 반응이 너무나 갑작스러웠는지 민봉팔이 겁을 집어먹으며 물었다.

"원래 정호가 네 허락을 받았나……?"

강여운이 소리를 빽 지르듯 대꾸했다.

"받아야죠!"

민봉팔은 도무지 강여운이 왜 저러는지 이유를 알려 달라는 표정으로 주 코디를 돌아봤다.

주 코디가 대답 대신 한숨을 쉬었다.

'으이그, 둔한 짐승들.'

◇ ◆ ◇

사무실로 들어가는 길.

정호는 운전 중이었다.

'여운이의 감정이 그 정도로 진행됐는지 몰랐군. 신뢰 포인트를 쌓는다고 너무 가까이 지냈어.'

정호가 강여운을 동생처럼 생각하는 것은 사실이었다.

한 번 무너졌던 강여운의 미래가 눈앞에 아른거리며 여전히 정호에게 책임감을 강요했기 때문에 더더욱 그랬다.

하지만 그렇다고 연예인과 매니저로서의 경계가 무너져서는 안 됐다.

'그래도 다행인 것은 강여운의 감정이 일시적이라는 사실이다. 이제 곧 착각에서 벗어나겠지.'

정호는 이미 연예계의 정점까지 올라본 사람이었다.

연예인이 매니저에게 갖는 감정이 무엇인지 확실히 알고 있었다.

그건 연애의 감정이 아니었다.

굳이 따지자면 소유욕 같은 것이었다.

인기를 먹고 사는 연예인은 주변 사람들에 대한 강한 애착을 보이는 경우가 허다했다.

강여운이 정호 다음으로 가장 빨리 민봉팔의 우울한 상태를 파악할 수 있었던 것도 이런 감정이 작용했기 때문이었다.

다만 아직 나이가 어린 강여운은 이런 감정을 연애의 감정으로 착각하고 있었다.

'이걸 굳이 말로 표현해서 설명할 필요는 없다. 인기가 많아지고 어느 정도 자리에 오르면 알아서 성숙하게 받아들일 수 있게 될 테지. 다만 주 코디님이 괜한 바람 넣지 않게 주의를 주는 게 좋을 것 같군.'

정호는 강여운의 감정에 대한 자신의 생각을 그렇게 정리했다.

'휴! 초보 매니저 흉내가 쉽지 않군.'

강여운에 대한 정호의 고민은 딱 이 정도까지였다.

이제 신유나에 집중할 시간이었다.

◇ ◆ ◇

회사에 도착하자마자 보컬&안무 연습실로 향했다.

연습생은 많지 않았다.

겨우 서너 명이 트레이너의 교육을 받고 있었다.

청월이라는 회사 자체의 규모가 크지 않았고 보통 청월은 가수보단 배우를 위주로 매니지먼트하는 회사였기 때문에 연습실은 한산할 수밖에 없었다.

최근 청월에서 '걸스 워너' 라는 신인 걸그룹을 데뷔시킨 것도 연습실이 한산한 이유 중 하나였다.

걸스 워너는 반응이 나쁘지 않아 열심히 전국을 돌아다니며 스케줄을 소화하는 중이었다.

정 실장이 정호를 반겼다.

"정호 왔냐?"

"네. 안녕하세요, 실장님."

정 실장과 정호의 목소리를 들었는지 신유나가 이쪽을 돌아봤다.

정호가 반갑게 손을 흔들었지만 신유나는 가볍게 목례를 했다.

'여전히 까칠하군.'

그런 두 사람을 지켜보던 정 실장이 입을 열었다.

"까칠하고, 진지하고. 비슷한 두 사람이 한 팀으로 잘 만났구만."

까칠한 건 당연히 신유나 쪽이었고 진지한 건 정호 얘기였다.

평소 정 실장은 정호를 '진지파 매니저' 라고 놀리곤 했다.

"그나저나 무슨 일이에요? 회사로 저를 다 부르시고?"

"이거 봐, 이거. 누가 진지파 아니랄까봐 바로 본론으로 들어가네."

"잘 지내셨어요?"

"엎드려 절 받기는 됐고. 유나가 노래 부르는 것 좀 들어봐. 춤추는 거랑."

정호는 의아했지만 잠자코 유나의 노래와 춤을 확인했다.

정식 계약을 체결하기 위해서 신유나는 실력 테스트를 받았고 정호도 그 자리에 있었다.

그런 까닭에 정호는 신유나 현재 실력을 어느 정도 파악하고 있다고 생각했다.

'근데 왜 보라는 거지……? 어……? 뭐야? 왜 저래? 저 정도는 아니었는데…… 설마……?'

신유나의 상태가 심상치 않았다.

음정이나 박자 같은 걸 떠나서 음색 자체가 어색하게 느껴졌다.

춤 또한 뭔가를 의식하는 사람처럼 동작이 딱딱했다.

"어때? 이상하지?"

정호는 대답 대신 고개를 끄덕였다.

13장. 비현실적인, 혹은 현실적인

정 실장은 정호가 놀랐다고 생각했는지 설명을 덧붙였다.

"더러 저런 경우가 있어. 배우기 전에는 참 잘했는데 배우고 나서 오히려 나빠지는 경우. 본능으로 하던 걸 머리로 하려니 몸이 따라주질 않는 거지."

정 실장의 설명은 계속 길게 이어졌다.

하지만 정호가 이미 알고 있는 내용이었다.

'저건 오히려 좋은 징조다. 연습생 1~2년 차 친구들이라면 누구나 한 번쯤 겪는 일인데 유나는 배운 지 몇 주 만에 저런 현상이 나타났으니까. 곧 유나는 저 상태를 이겨내고 금방 일어서겠지. 당장 데뷔가 가능한 수준까지.'

정호는 이 상황을 흡족하게 받아들였다.

그러나 문제가 없는 것은 아니었다.

지금껏 고민을 미뤄두고 있던 문젯거리 하나가 떠올랐다.

'신유나는 데뷔 후 세 장의 앨범을 내는 동안 성과를 거의 내지 못했다. 그건 사실 단순히 소속사의 문제가 아니었어. 내 기억이 맞다면 아직 신유나가 충분한 실력이 갖추지 못한 것도 결정적인 요인이었지. 조금만 공을 들인다면 대가급 실력을 갖출 텐데…….'

정호가 생각을 이어 나가고 있는 사이에도 정 실장은 설명을 멈추지 않았다.

잠시 후 들을 만한 이야기가 나왔다.

"……그래서 유나를 어떻게 하면 좋을지 너를 부른 거야. 네가 유나 매니저잖아."

"그렇긴 하지만 보통 이런 문제는 실장님 선에서 결정나지 않습니까?"

"보통이라면 그렇지. 근데 내가 누구냐? 이 더러운 대한민국 사회에서 유일하게 민주적이고 수평적인 사고관을 가진 직장 상사 아니냐?"

"뭐…… 그렇죠."

"뭐야. 반응이 왜 그래?"

"수평적 사고관을 가진 직장 상사님을 존경의 눈빛으로 쳐다보고 있었는데요?"

"존경은 무슨. 로봇이 쳐다보는 줄 알았다. 됐고. 넌 어쩌면 좋겠냐?"

정호는 대답도 하지 않은 채 정 실장을 빤히 쳐다보기만 했다.

"뭐해? 어쩌면 좋겠냐니깐?"

이번에도 정호는 대답하지 않았다.

두 사람 사이에 감도는 위화감.

"알았어. 알았어. 짜식 눈치는 겁나 빨라요. 사실 윤 부장님이 널 보고 싶어 하신다."

"윤 부장님이요?"

"응. 신유나 문제와 관련해서 너를 적극적으로 밀어 주고 싶다던데?"

◇ ◆ ◇

정호는 정 실장과 함께 윤 부장의 사무실로 갔다.

똑똑.

"들어오세요."

문을 열고 들어가자 건강해 보이는 인상의 중년 남성이 두 사람을 반겼다.

윤 부장이었다.

'정정하시네. 앞으로도 몇 년이나 이 바닥에서 활약할 분이지.'

윤 부장은 이전의 삶에서 정호의 오랜 스승 같은 사람이었다.

때론 너무 욕심이 많다며 혼을 내기도 했지만 언제나 냉철하고 옳은 판단으로 정호를 이끌어준 은사였다.

'어쩌면 저분이 돌아가시고 나서 내가 그렇게 망가지고 말았는지도 모르지. 브레이크가 없었으니깐.'

정호가 씁쓸하게 웃으며 생각했다.

그러기도 잠시 정 실장이 재촉했다.

"어쭈, 이 자식. 부장님 보고 얼었냐? 평소에는 그렇게 개기더니. 어서 인사나 드려!"

정호는 감상을 접어두고 인사부터 했다.

"안녕하세요, 오정호라고 합니다."

"반갑네. 앉지."

정호와 정 실장이 소파에 앉았다.

"그래. 이번에 대단한 활약을 펼쳤다고? 초반부터 아주 대단한 친구구만?"

윤 부장이 미소를 띠며 물었다.

남들이 느끼기에는 평범한 미소였고 칭찬이었지만 윤 부장을 오래 보아온 정호로서는 윤 부장이 자신을 떠보고 있다는 사실을 간파했다.

정호는 겸손해하지도, 자신만만해하지도 않는 목소리로 천천히 말했다.

"이번 일은 대단하다면 대단할 수도 있는 일입니다만 제가 대단한 친구라고 할 수는 없죠."

정호의 태도에 정 실장이 놀랐다.

'뭐야, 저 자식? 여기서도 이런다고?'

윤 부장의 눈빛도 달라졌다.

윤 부장이 물었다.

"어째서?"

"제가 대단한 친구가 되려면 우선 지속적으로 대단한 일을 해낼 수 있다는 사실부터 증명할 필요가 있죠. 이 사실을 증명하기 전까지 저는 그저 운 좋은 친구에 불과합니다. 그리고 제가 아직 부장님과 친구를 먹을 군번은 아니지 않습니까?"

군더더기 없는 깔끔한 달변이었다.

"하하하. 입이 살아 있는 친구로군. 아니, 자네 말대로라면 친구가 아닌가?"

윤 부장이 정호의 말을 단순히 상사에 대한 불복종이 아니라 농담으로 받아들였고 분위기는 자연스럽게 편하게 바뀌었다.

"그래. 똑똑한 매니저가 하나 새로 들어왔어. 올라오기 전에 얘기는 들었는가?"

"들었습니다."

"그럼 복잡하게 돌아갈 필요 없지. 자, 증명할 방법을 말해 보게. 자네가 대단한 사람이라는 걸 증명할 앞으로의 계획 말이야."

윤 부장이 가만히 정호의 대답을 기다렸다.

정호도 윤 부장을 마주봤다.

희한하게도 정호의 태도는 오만하거나 과하게 느껴지지 않았다.

'정 실장만큼이나 대단한 물건인가? 아니, 정 실장을 넘을 물건인가?'

윤 부장이 생각에 빠진 사이 정호의 입이 열렸다.

"걸 그룹입니다."

"걸 그룹?"

"네. 저한테 저만의 걸 그룹을 만들 수 있도록 기회를 주십시오!"

◇ ◆ ◇

정호가 먼저 나간 사무실에는 윤 부장과 정 실장이 남았다.

먼저 입을 연 건 정 실장이었다.

"도대체 오정호 저 친구에게 뭘 보신 겁니까?"

"자네와 비슷한 걸 봤지."

그랬다.

정호에게 가능성을 가장 먼 본 사람은 정 실장이었다.

윤 부장에게 정호를 한번 봐달라고 부탁한 사람 또한 정 실장이었다.

"그렇다고 이렇게 큰일을 맡길 거라고는 생각하지 못했습니다."

윤 부장은 정 실장의 생각이 뭔지 너무나 잘 알고 있었다.

사실 정호가 보여준 것은 너무나 적었다.

한 작품을 정하고 그 작품의 적당한 배역을 고르는 것은 누구나 할 수 있는 일이었다.

물론 '홍캐리' 라는 캐릭터를 만들어내는 것은 보통의 능력으로는 불가능한 일이었지만 어쨌든 정호가 엄청난 일을 해냈다고는 할 수 없었다.

"자네도 알다시피 어차피 회사에서 새로운 걸 그룹을 준비하라고 적극적인 푸시를 하고 있어. 게다가 아직 걸 그룹 결성이 확정된 것도 아니네. 저 친구가 데려온 신인들을 보고 진짜 걸 그룹을 결성할지 정해도 늦지 않아."

"그래도……."

정 실장은 하고 싶은 말을 삼켰다.

정 실장이 삼킨 말은 '정호가 성공시킨 것은 가수가 아니라 배우입니다.' 라는 얘기였다.

표정으로 정 실장이 하고 싶었던 말이 뭔지 파악한 윤 부장이 떠보듯 물었다.

"왜? 자네가 잡고 싶은 기회였는가?"

"그런 건 아닙니다. 다만 증명도 안 된 친구에게 너무 큰 기회를 준 것 같습니다."

윤 부장은 정호가 나간 사무실 문을 가만히 응시하며 대답했다.

"큰 기회인만큼 결과는 빨리 나오겠지. 될 놈인지, 아닌지 말이야. 늙으면 결과를 빨리 보고 싶어지거든. 자네도 잘 지켜보게."

◇ ◆ ◇

정호는 의연한 표정으로 문을 닫고 윤 부장의 사무실에서 나왔다.

하지만 표정과는 다르게 내심 놀란 상태였다.

'어느 정도 나에 대한 어필만 할 생각이었는데 일이 이렇게 풀리다니…….'

경험 많은 정호로서도 이해할 수 없는 상황이었다.

'정 실장이 푸시를 넣은 건가? 아니야. 이건 정 실장 독단으로 내릴 수 있는 결정이 아니다. 눈 좋기로 유명한 윤 부장님이 내게서 뭔가를 발견한 걸까?'

정호는 후자 쪽의 가능성이 더 높다고 생각했다.

'스승님이 이번에도 내게 날개를 달아주시는군.'

놓쳐서는 안 될 기회였다.

정호는 이러한 사실을 경험과 본능으로 깨달았다.

'이럴 때가 아니다. 이 시기에 데려올 만한 괜찮은 애들부터 추리자.'

한 시간 후.

정호는 이 일이 생각보다 만만하지 않음을 인정할 수밖에 없었다.

경험 부분의 문제가 아니었다.

과거 정호는 '김교빈 생일 파티 사건' 이후 신인 가수의 매니저를 맡았고 3년간 이 신인 가수의 매니저로 최전방에서 활약했다.

정호는 오히려 이쪽에 경험이 많은 편이었다.

문제는 다른 곳에 있었다.

'데려올 만한 사람들은 전부 소속이 있어.'

이 시기에 스타가 될 확률이 높은 사람들은 이미 소속사가 있었다.

심지어 모든 소속사가 중견급으로 탄탄했고 그 소속사에서 정호가 데려오고 싶은 연예인을 적극적으로 키우고 있는 중이기도 했다.

'생각의 전환이 필요해. 좋은 방법이 없을까?'

정호는 적어 놓은 걸 지우고 다시 고민하기 시작했다.

삼십 분 후 새로운 계획이 나왔다.

그건 비현실을 현실로 만들 계획이었다.

〈내 사랑 티라미수〉의 촬영 현장.

해민주 역할의 유미지는 절망에 빠진 상태였다.

'내가 망쳤어……. 내가 다 망쳤다고…….'

신인 배우였지만 유미지도 알고 있었다.

자신의 미숙한 연기력 때문에 여주인공이었던 해민주가 조연으로 전락하고 말았다는 것을.

모르고 싶어도 알 수밖에 없는 상황이었다.

자신을 대하는 소속사와 매니저의 태도부터가 달라졌다.

"미지야? 너 계속 거기 앉아 있을 거야?"

유미지의 매니저인 양문대가 물었다.

"네, 네?"

"도경이 지금 씬 끝내고 여기로 오고 있잖아. 일어나서 인사해야지. 자리도 양보하고."

"네, 네. 죄송합니다."

유미지가 자리에서 일어나 한쪽에 붙어 섰다.

그런 유미지에게 꼭 들으라는 것처럼 양문대가 중얼거렸다.

"거참. 실력이 없으면 눈치라도 있어야지……."

유미지는 갑작스러운 소속사와 매니저의 태도 변화에 눈물을 쏟고 싶어지는 걸 간신히 참았다.

'내가 망쳤어……. 내가 다 망쳤다고…….'

그런 유미지를 먼 곳에서 지켜보고 있는 시선이 하나 있었다.

바로 정호였다.

“정호 오빠. 뭘 봐요?”

어느새 강여운이 다가와 정호에게 말을 걸었다.

“그냥 뭐, 별 거 아니야.”

강여운이 정호의 시선을 따라가 무엇을 보고 있는지 확인했다.

케스타 배우와 관계자들이 모여 있는 장소였다.

“아! 나 알았다. 히히. 그런 거였구나?”

“알긴 뭘 알아?”

“오빠, 혹시 도경 오빠 좋아해요?”

“응, 누구? 박도경?”

“아니, 오빠 보면 여자에는 통 관심이 없는 거 같아서 혹시 취향이 그쪽인가 싶어서 물었죠.”

정호는 속으로 아주 가지가지 한다고 생각했지만 티를 내진 않았다.

대신 꿀밤을 한 대 먹여줬다.

딱.

“아야!”

“까불지 말고 다음 신 준비나 해. 대사 다 외웠어?”

“다 외웠어요! 잔소리 좀 그만해요!”

“아니야. 다 못 외웠을 거야. 그러니깐 한 번 더 읽어 봐.”

“다 외웠다니까요!”

"아니야."

"치!"

결국 강여운이 씩씩거리며 자리로 돌아가 대본을 다시 읽기 시작했다.

민봉팔이 정호 곁으로 슬쩍 다가와 물었다.

"요즘 여운이 왜 저러는 걸까? 짜증을 너무 자주 내는 거 같아."

"뭐. 그럴 만한 이유가 있지."

"그게 뭔데?"

그때 케스타의 관계자들이 모여 있는 곳에서 누군가가 혼자 따로 떨어져 나와 어디론가 향하는 게 정호의 눈에 보였다.

"그건 네가 답을 찾아봐."

정호가 빠르게 사라졌다.

"그게 뭔지 좀 알려주지……."

자리에 남은 민봉팔이 홀로 중얼거렸다.

◇ ◆ ◇

케스타 쪽에서 홀로 떨어져 나온 사람은 유미지였다.

결국 눈물이 나는 것을 참지 못했다.

유미지는 화장실에 가는 척 자리에서 빠져나왔다.

'이러면 안 되는데…… 이제 계약 만료가 몇 달 남지

않았는데…….'

유미지는 간신히 우는 소리가 흘러나오는 것을 막고 있었지만 흐르는 눈물은 막지 못했다. 서러웠다.

이렇게 사람이 많은 촬영장에서 눈물을 흘리고 있는데도 누구도 자신을 돌아봐주지 않는다는 게 너무나도 슬펐다.

유미지는 소매와 손등이 다 젖을 때까지 눈물을 흘렸다.

그때 누군가가 휴지를 건넸다.

"저… 훌쩍, 괜찮아요. 우는 거 아니에요…. 훌쩍."

"알아요. 우는 거 아닌 거. 그러니깐 받아요."

누군가의 손길은 억지로 유미지의 손에 휴지를 쥐어 줬다.

"훌쩍. 감사합니다."

유미지가 감사 인사를 하기 위해 휴지를 건넨 사람을 올려다봤다.

"아……."

그곳에는 정호가 있었다.

14장. 가만두지 않겠다

〈내 사랑 티라미수〉 12화 시청률은 24.7퍼센트였다.

이제 더 이상 해민주를 기억하는 사람은 없었다.

사람들은 홍단비를 홍캐리라고 부르며 열광을 하기에도 바빴다.

'내가 기억하는 대로 흘러가는군. 바뀐 건 홍단비 역할을 여운이가 맡고 있다는 사실 정도인가.'

정호는 홍보팀으로 향하며 생각했다.

강여운의 인기가 높아지면서 정호와 민봉팔은 번갈아가면서 홍보팀을 제집 드나들듯 방문했다.

사람들이 드라마를 넘어선 '홍캐리의 신화'를 궁금해했기 때문이었다.

홍보팀은 이런 기대에 부응하기 위해 각종 홍보 자료 및 보도 자료를 만들기 위해 밤낮없이 힘썼다.

정호와 민봉팔은 이 과정에서 법정의 증인처럼 정보 제공자의 역할을 했다.

"주문하신 음료 대령했습니다. 시럽 뺀 토마토주스 한 잔, 아이스 라떼 두 잔, 아이스 아메리카노 연하게 두 잔, 그냥 한 잔. 맞죠? 네임펜으로 브이 자 표시된 게 연한 거예요."

정호가 테이블 한쪽에 음료를 올려놓자 홍보팀 직원들이 몰려와 인사를 건넸다.

"안녕하세요, 정호 씨."

"잘 지냈어요, 정호 씨? 반가워요."

홍보팀 직원들은 정호를 살갑게 맞이했다.

정호는 홍보팀 직원들에게 인기가 많은 편이었다.

그 이유는 간단했다.

어느새 다가와 시럽 뺀 토마토주스를 손에 들며 홍보팀 팀장 권아란이 말을 걸어왔다.

"설마 이번에는 음료만 들고 온 거 아니겠죠? 산타 청년?"

"그럴 리가요. 자료 여기 있습니다."

정호는 메고 있던 가방에서 서류철과 USB를 꺼내 건넸다.

권 팀장은 토마토주스를 내려놓고 서류철부터 검토했다.

잠시 후.

띠링.

—신뢰 포인트를 50 획득했습니다.

"역시 우리 산타 청년은 대단해요. 내 제안 기억하죠? 우리 홍보팀은 선물을 기다리는 아이처럼 언제나 정호 씨를 원하고 있다는 거?"

홍보팀 직원들과 권 팀장이 이런 반응을 보이는 건 정호가 건넨 서류철 때문이었다.

질문을 해도 단편적인 정보만 간신히 몇 마디 던져주는 대다수의 매니저들과 달리 정호는 아예 홍보 자료나 보도 자료를 손수 만들어왔다.

처음에는 홍보팀의 일을 뺏기는 기분이었는지 정호의 이런 행동을 썩 달가워하는 분위기가 아니었다.

하지만 정호가 건넨 자료의 충실함과 점점 높아지는 업무 강도를 낮춰주는 유일한 존재라는 사실 때문에 홍보팀 전체는 정호에게 호감을 가질 수밖에 없었다.

결국 그러다가 권 팀장이 홍보팀 스카우트 제의를 하는 데 이르렀고.

"산타가 가끔 와야 아이들도 좋아하고 그러는 거지요. 그럼 이번에도 모쪼록 우리 여운이 잘 부탁드리겠습니다."

능구렁이처럼 거절 의사를 밝히는 정호를 보며 권 팀장이 피식 웃었다.

"부탁할 게 뭐 있겠어요. 우리 산타 청년이 조립식 로봇을 조립까지 다 해서 가져왔는데. 얘들아, 선물 받아라."

권 팀장이 홍보팀 직원에게 USB를 건넸다.

이제 홍보팀 직원들의 손을 거쳐서 정호의 자료는 마무리 작업에 들어갈 것이다.

이렇게 해서 홍캐리의 신화가 새롭게 추가됐다.

홍보팀에서 나온 정호는 다시 촬영 현장으로 이동 중이었다.

'유미지를 만나러 가야 해.'

유미지와의 접촉은 정호가 세운 새로운 계획의 일환이었다.

정호는 이미 소속사가 있는 연예인을 데려오는 것이 힘들다는 판단을 내렸다.

그래서 소속사에서 재계약을 하지 못하거나 소속사에서 이미 방출된 연예인을 자신이 만들 걸 그룹에 합류시키는 계획을 세웠다.

'이럴 경우 노래와 춤, 그리고 외모까지 모든 게 완벽한 가수를 데려오는 것은 불가능하다. 하지만 단점만 있는 것은 아니야. 오히려 각자의 개성이 빛나는 걸 그룹을 만들 수 있어.'

정호가 계획하고 있는 걸 그룹 멤버의 숫자는 넷이었다.

'한 명은 물론 신유나다. 다른 사람은 누가 좋을까…… 가능하면 내가 도움을 줄 수 있는 사람이…… 아!'

이렇게 해서 떠오른 것이 유미지였다.

정호가 알고 있는 미래대로라면 유미지는 케스타와의 재계약에 실패했다.

케스타는 간신히 주인공을 만들어줬는데 기회를 잡지 못하는 유미지에게 재능이 없다고 판단했다.

'이 사건을 계기로 유미지는 2년간 사라졌지. 당연한 결과다. 상처가 컸을 테니깐. 상처를 어느 정도 회복한 후에도 다시 연예인이 될 생각은 없다고 했던가? 맞아. 그랬었지.'

상처를 회복한 후 유미지는 한 카페에서 아르바이트를 하며 지냈다.

낮에는 아르바이트를 하고 저녁에는 취업 준비를 하는 그런 생활이었다.

그런 생활이 4개월 정도 이어졌다.

그러던 어느 날 한 매니저가 아침 일찍 유미지의 카페를 찾았다.

유미지는 콧노래를 부르며 청소를 하고 있었다.

'그때 그 매니저는 유미지의 콧노래를 들었다. 아마 그 사건이 없었다면 유미지는 다시 연예계로 돌아올 수 없었을 거야.'

유미지는 절대로 연예계로 돌아갈 마음이 없다고 그 매니저의 제안을 단칼에 거절했다.

하지만 그 매니저는 무슨 촉이라도 받은 건지 유미지를 끈질기게 설득했다.

결국 1년 6개월 후 유미지는 6인조 걸 그룹 데뷔를 성공적으로 마쳤다.

'6인조 걸 그룹은 꽤 잘나갔지. 전체적으로 실력이 좋지 않아서 욕을 먹었지만 좋은 곡을 받아서 꽤 오래갔어.'

이 걸 그룹에서 유미지는 독보적인 존재였다.

노래나 춤 실력은 걸 그룹 전체를 두고 비교하면 준수한 편에 불과했지만 뛰어난 리더십이 팬심을 자극했다.

'특히 걸 그룹 내 왕따 사건을 적극적으로 해명한 일화가 유명했지. 희생정신의 아이콘처럼 여겨졌을 정도였으니깐.'

유미지는 정호가 만들 걸 그룹에 가장 필요한 사람 중에 하나였다.

개성 넘치는 정호의 걸 그룹에서 유미지가 해내야 하는 역할은 매우 중요했다.

'문제는 아직 유미지가 여리고 마음 약한 소녀라는 거지. 이번 사건을 계기로 유미지를 완벽한 리더이자, 완벽한 내 사람으로 만들 필요가 있는데…….'

정호는 촬영 현장을 가는 내내 이 문제로 고민에 빠질 수밖에 없었다.

◇ ◆ ◇

한편 유미지는 우울한 생각에 빠져 있었다.

'이제 남은 계약 기간은 한 달인가?'

암담한 미래였다.

이미 드라마는 14화까지 촬영을 마친 상태였다.

이제 와서 유미지가 해민주의 역할을 훌륭히 소화한다고 해서 분량을 확보할 수 있을 리 없었다.

하지만 그렇다고 이렇게 울고만 있어서는 안 되는 상황이었다.

갑자기 유미지의 머릿속에 누군가가 떠올랐다.

'그때 그 남자…… 나를 위로해줬었는데…… 여운이의 매니저라고 했던가…….'

유미지는 자연스럽게 강여운이 쉬고 있는 곳을 쳐다봤다.

정호는 보이지 않았다.

'없네…… 따뜻한 사람이었는데…….'

케스타와 자신의 매니저 양문대는 언제나 유미지에게 부담감을 안겨 줬다.

늘 유미지에게 강도 높은 연습을 강요할 뿐, 유미지를 믿어주지 않았다.

오히려 유미지가 연습을 안 해서 실력이 늘지 않는 거라는 의심을 했다.

'나도 그런 사람에게 응원을 받았으면 더 잘할 수 있었을까…….'

유미지는 고개를 저었다.

잡생각에 빠져 있을 때가 아니었다.

'뭔가를 보여줘야 해. 힘내자, 유미지. 할 수 있다!'

그렇게 각오를 다지는데 누군가 유미지를 불렀다.

"미지야!"

양문대였다.

"네?"

"너 거기 또 앉아 있니? 도경이 지금 촬영 끝나고 오고 있잖아!"

"아. 죄송합니다!"

"죄송하면 다야? 아아. 됐다. 야! 따라와 봐."

"네, 네?"

"뭔 '네, 네?' 야. 할 말 있으니깐 따라오라고."

"네!"

유미지는 양문대를 따라 촬영장 한쪽으로 갔다.

세트장 주변에 인적이 드문 유일한 곳이었다.

"네가 구제불능인 건 알았지만 이렇게 멍청한지 몰랐다. 너도 알고 있지? 이번에 재계약 힘든 거?"

"네……."

"그럼 열심히 해야지. 왜 그러고 앉아서 멍이나 때리고 있는 거야?"

유미지는 뭔가 하고 싶은 말이 있었지만 참았다.

어차피 양문대는 들어주지 않을 것이기에.

"휴! 내가 정말 널 아끼는 동생으로 생각해서 하는 말인데 넌 연예인은 아닌 거 같다."

유미지가 대답 없이 고개를 푹 숙였다.

"재계약 포기하고 다른 일 찾아봐라. 그래도 얼굴은 예쁘장하니깐 먹고 사는 데는 문제없을 거야."

유미지가 순간적으로 발끈하며 고개를 들었다.

유미지의 눈에는 눈물이 고여 있었지만 양문대는 그것마저도 무시했다.

"얼굴 하나는 진짜 반반하단 말이야. 근데 그럼 뭐 하겠어. 끼가 없는데."

양문대의 독설에 유미지는 또 한 번 상처를 받고 할 말을 삼켰다.

"그럼 네 갈 길 알아서 찾아보는 걸로 알고 난 간다. 미리 말해준 걸 고마운 줄 알아라."

그렇게 양문대가 자리를 떠났다.

유미지는 그대로 주저앉았다.

◇ ◆ ◇

정호는 촬영장에 도착하자마자 케스타 관계자가 모여 있는 자리부터 살폈다.

'뭐지? 유미지는 어디 간 거지?'

멀리서 양문대가 걸어오는 게 보였다.

'설마…… 아니야. 섣불리 판단을 내릴 수 없어. 일단 유미지를 찾아보자.'

잠시 후 정호는 주저앉아 울고 있는 유미지를 발견했다.

동시에 어떤 상황인지 예상할 수 있었다.

'쓰레기 같은 자식. 아무리 그래도 재계약 불가 통보를 이딴 식으로 하다니.'

정호는 어째서 유미지가 2년간 잠적을 했는지 알 수 있을 것 같았다.

'이럴 때가 아니다.'

정호의 간절한 바람이 닿았는지 목소리가 들려왔다.

—시간을 결제하시겠습니까?

'물론이다. 넌 죽었어, 양문대!'

매니지먼트의 제왕

15장. 스타 매니저 오정호?

—결제되었습니다. 당신이 원하는 시간을 얻습니다.

[결제한 포인트 : 60 / 남은 포인트 : 1280]

눈을 떠 보니 익숙한 카페였다.

홍보팀에 가기 전 카페에서 주문한 음료 기다리던 때 같았다.

상황을 파악한 정호가 생각했다.

'음료가 나오는 데 걸리는 시간은 5분쯤? 홍보팀에서 10분쯤의 시간을 더 쓸 테고…… 아니야. 여기서 줄일 시간은 없다. 홍보팀 사람들에게 급한 일이 있다는 인상을 주어서는 안 돼. 시간을 줄이려면 운전밖에 없다!'

정호는 이전과 똑같이 아주 여유로운 태도로 홍보팀에

각종 음료와 서류철, 그리고 USB를 전달했다.

"산타가 가끔 와야 아이들도 좋아하고 그러는 거지요. 그럼 이번에도 모쪼록 우리 여운이 잘 부탁드리겠습니다."

권 팀장이 피식 웃었다.

"부탁할 게 뭐 있겠어요. 우리 산타 청년이 조립식 로봇을 조립까지 다 해서 가져왔는데. 애들아, 선물 받아라."

이 과정에 달라진 것은 약간 빨라진 걸음 정도였다.

하지만 홍보팀 사무실에서 나오자마자 정호의 행동은 달라졌다.

'뛰자!'

정호는 전력을 다해서 지하 주차장으로 뛰어 내려가 자동차에 시동을 걸었다.

'과속 딱지가 중요한 게 아니다. 중요한 건 타이밍이야!'

정호는 포인트를 아끼기 위해 돈을 아끼지 않기로 했다.

나중의 일이지만 정호에게는 9만 원짜리 딱지 다섯 개가 날라 왔다.

차라리 포인트를 더 사용할 걸, 하고 후회했지만 때늦은 후회였다.

"네가 구제불능인 건 알았지만 이렇게 멍청한지 몰랐다. 너도 알고 있지? 이번에 재계약 힘든 거?"

"네……."

유미지는 대답을 하면서 가슴이 찢어질 듯 아파져 오는 걸 느꼈다.

이런 일이 있을 거란 예상을 못 한 것은 아니었다.

다만 이렇게 빠른 시일 내에 대놓고 이런 소리를 듣게 될 거라고는 생각하지 못했다.

방금 전까지 마음을 다잡고 다짐을 새로 하던 것이 전부 무너지는 기분이었다.

"그럼 열심히 해야지. 왜 그러고 앉아서 멍이나 때리고 있는 거야?"

최선을 다하기 위해 결심을 새로 하고 있었다고 말하고 싶었지만 유미지는 그럴 수 없었다.

말을 해봐야 이 상황에서 비참해지는 건 자신뿐이라는 걸 알았다.

어차피 양문대는 유미지의 말을 변명으로 치부할 것이 뻔했으니깐.

"휴! 내가 정말 아끼는 동생으로서 하는 말인데……."

유미지는 속으로 소리를 질렀다.

양문대의 다음 말이 유미지의 가슴속을 헤집어놓을 것 같다는 예감이 들었기 때문이었다.

'하지 마요……! 날 정말 동생으로 생각한다면 더 이상 말하지 말아 주세요……!'

하지만 유미지의 바람은 공허할 울림일 뿐이었다.

"넌 연예인……."

양문대의 입에서 험한 말이 나오려는 순간.

"그만!"

누군가 소리를 질렀다.

양문대와 유미지가 큰 소리가 난 쪽을 돌아봤다.

정호였다.

정호는 뚜벅뚜벅 두 사람 앞으로 다가가며 말했다.

"계약 기간이 끝나는 대로 청월은 유미지 씨를 데려가도록 하겠습니다."

"그, 그게 무슨."

양문대가 당황했는지 말을 더듬었다.

유미지도 놀라서 입을 벌린 채 가만히 있었다.

"그러니깐 유미지 씨."

"네, 네?"

"앞에 있는 사람에게 화가 났다면 시원하게 욕을 하거나 묵직하게 주먹 한 대를 날려도 상관없습니다."

"네, 네?"

어느새 정호는 양문대 앞에 섰다.

"뭐, 뭡니까?"

양문대가 물었지만 정호는 오로지 유미지만 쳐다봤다.

"어때요? 싫습니까?"

"아니, 저 그게 아니라……."

"싫다면 제가 대신 처리해 드리죠."

말이 끝나기가 무섭게 정호는 크게 돌아서며 주먹을 양문대에게 휘둘렀다.

어찌나 주먹이 매서운지 양문대는 단 한 방에 휘청거리다가 결국 쓰러졌다.

양문대는 바닥에 누워 일어나지 못한 채 끙끙거렸다.

"소속사를 통해 정식으로 이의 제기를 하십시오. 당신이 어떤 손해 배상 청구를 요구해 와도 저는 당당하니까요."

정호는 그대로 유미지의 한 팔을 잡아끌어 현장에서 벗어났다.

◇ ◆ ◇

정호가 유미지를 데려다주고 일행이 있는 곳으로 돌아왔다.

지이잉.

때마침 정 실장에게 전화가 왔다.

"여보세요."

"야! 너 진짜 양문대 때린 거 아니지?"

"때렸습니다."

"너, 미쳤어!"

"죄송합니다. 하지만 최소한의 예의도 모르고, 인기 없는 연예인에게 갑질이나 하는 그런 놈을 두고 볼 수만은 없었습니다."

"그래도 그렇…… 휴! 됐다. 잘했어. 이번 건은 내가 케스타 쪽과 얘기해서 잘 마무리하마. 그쪽도 자기 회사 이미지 엄청 챙기는 곳이니 딱히 큰 문제없을 거야."

정 실장의 말 대로였다.

케스타는 평판을 굉장히 중요하게 여기는 곳이었다.

그래서 정 실장에게 한 소리를 하긴 했지만 법적 조치 같은 것은 취하지 못했다.

오히려 사건을 이렇게 만든 양문대에게 죄를 물었다.

회사에서 받는 스트레스를 풀 겸 치기 어린 행동을 한 것이었기 때문에, 양문대도 고개를 숙인 채 회사의 결정을 받아들일 수밖에 없었다.

'후…… 미리 정 실장에게 전화를 걸어두길 잘했군.'

정호는 생각 없이 양문대를 때린 게 아니었다.

이런 상황을 미리 머리에 그리고 운전을 하다가 정 실장에게 전화를 걸어 자초지종을 설명했다.

말이 좋아 자초지종이지 거의 양문대를 때리겠다는 일방적인 통보나 다름없었지만.

'하지만 이것도 가끔이지. 계속해서는 안 될 짓이다. 괜히 내 연예인을 건드린다는 생각이 들어서 정도를 넘어섰어.'

긴 세월 살아온 만큼 정신적으로 성숙된 정호였지만 정호의 신체는 스물여덟이었다.

그래서 호르몬 탓인지 가끔 감정이 절제되지 않는 경우가 있었다.

꼭 감정이 이성의 통제에서 벗어나는 느낌이었다.

'이게 시간 회귀의 패널티라면 페널티일까? 이번 일은 꽤 통쾌했지만 이제부턴 조심하자. 자주 이러면 곤란해.'

◇ ◆ ◇

〈내 사랑 티라미수〉의 마지막 화는 24.4퍼센트로 마무리됐다.

두 화만 연장 방송을 하자는 얘기가 나왔지만 2화부터 드라마를 갈아엎어야 했던 남 피디와 채 작가가 길길이 날뛰며 반대했다.

특히 채 작가는 더 이상 글을 쓸 상황이 아니었다.

짧은 시간 동안 정신력과 체력을 전부 사용해서 글쓰기에 진력이 난 상태였다.

차선책으로 방송사는 연장 방송 대신 〈내 사랑 티라미수〉 특별편을 내보내기로 결정했다.

특별편의 절반은 홍캐리의 신화가 다뤄졌다.

결국 이 특별편은 홍캐리 신화의 새로운 일부가 된 셈이었다.

[와…… 캐릭터 하나가 이렇게 전설처럼 다뤄진 적이 있었냐ㄷㄷ]

[홍캐리 대박ㅋㅋㅋ 원작을 뛰어넘는 또 다른 대작을 낳았다ㅋㅋㅋㅋㅋ]

[특별편 영상미 오지네ㄷㄷ 본편만큼 열심히 만든 듯ㅋ]

[ㅎ원래 남재식 피디가 저런 걸로 유명하죠ㅎㅎ]

[ㄴㄴ 이제 남재식보다 우리 홍캐리 언니가 더 유명함ㅇㅇ]

특별편에 대한 반응은 여기서 끝이 아니었다.

청월 홍보팀에서 특별편 제작을 위한 정보를 다수 제공했는데 그 정보 중에는 정호에 대한 것도 있었다.

그래서 '홍캐리를 만들어낸 매니저' 라는 소제목으로 10분쯤 정호의 이야기가 특별편을 통해 방영됐다.

[매니저 실화냐? 진짜 가능함?]

[나도 오정호 얘기 방송국 다니는 누나한테 들었음ㅇㅇ 완전 개실화임.]

[와! 쩐다. 솔직히 저 사람이 내 매니저면 나도 스타 될 듯ㄷㄷ]

[무슨 소리야ㅋㅋㅋ홍캐리가 잘해서 뜬 거지ㅋㅋㅋ]

정호의 존재가 최초로 세상에 알려지는 순간이었다.

한편 한 여자가 밴을 타고 이동하며 〈내 사랑 티라미수〉를 모니터링하고 있었다.

강여운과 광고 사건을 벌일 뻔했던 여배우 정시정이었다.

"봐, 김 실장. 내가 뭐라고 그랬어? 저 풋내기 매니저가 강여운을 스타로 만들 거라고 그랬지."

김 실장은 온라인상의 반응을 실시간으로 살피다가 입을 열었다.

"……놀랍군요."

정시정은 그런 김 실장을 보고 놀랐다.

김 실장의 얼굴에 단 하나의 표정이 드러나지 않았기 때문이었다.

"어떻게 된 게 김 실장은 놀라는 것도 그렇게 기계 같아?"

안경을 고쳐 쓰며 잠시 생각하다가 김 실장이 대꾸했다.

"유전입니다."

정호도 〈내 사랑 티라미수〉의 특별편을 본방으로 보고 있었다.

정호는 지끈거리는 머리를 부여잡았다.

'권 팀장님…… 도대체 왜…….'

사실 정호는 누구보다도 TV 출연을 꺼려했다.

대표 시절에도 웬만하면 언론과의 인터뷰를 거절하던 정호였다.

'휴! 미치겠군.'

강여운은 그런 정호를 재미있다는 듯 낄낄거리며 훔쳐보다가 입을 열었다.

"올! 정호 오빠! 이러다가 나보다 유명해지는 거 아니에요!?"

"하지 마라."

"에이! 또 폼 잡는다! 그런다고 내가 무서워할 줄 알아요?"

"하지 마라."

"왜 때리려고요? 케스타 양문대를 한 방에 때려눕히더니 싸움에 자신감 좀 생겼나?"

정호는 부글부글 끓어오르는 속을 다스리느라 대답하지 못했다.

그런 정호의 상태를 눈치 챈 민봉팔이 보다 못해 나섰다.

"여, 여운아. 저쪽으로 잠깐만 가자."

"아! 왜요! 이제 막 재밌어지려고 하는데!"

"아, 아니야. 너, 너 그러다가 평생 웃지 못하게 될 수도 있어."

강여운은 떼를 썼지만 결국 민봉팔에게 끌려 나갔다.

정호가 분노를 참지 못하고 권 팀장에게 전화를 걸었지만 권 팀장은 전화를 받지 않았다.

그 시각.

청월 엔터테인먼트 앞 어느 포장마차에서 세 남녀가 술잔을 기울이고 있었다.

매니저 2팀 정 실장, 기획팀 황 팀장, 홍보팀 권 팀장이었다.

띠리링. 띠리링.

정호에게서 전화가 걸려오자 권 팀장이 호들갑을 떨었다.

"오, 오정호한테 전화 왔다. 어머, 어머, 어떻게 정 실장. 산타 청년 화 많이 났나봐."

정 실장의 반응은 시큰둥했다.

"신경 꺼. 걔도 좀 당해봐야 해."

사실 특별편에 정호에 대한 정보를 제공하자고 제안한 건 정 실장이었다.

양문대 사건을 해결하면서 쌓인 스트레스를 풀기 위한 복수였다.

"너는 애가 너무 소심한 거 아니야?"

"내가 뭐?"

"예뻐할 때는 그렇게 예뻐하더니 바로 곤란한 일 좀 줬다고 이런 식으로 복수나 하고 말이야."

"그게 네가 할 말이야! 너도 재밌겠다며 찬성했잖아. 오정호 좀 골려주자고."

황 팀장은 새침한 표정을 지으며 대꾸했다.

"조금 골려주자는 거였지. 누가 10분씩이나 방송에 내보내재?"

정 실장도 조금 심했다는 생각이 들었지만 애써 그런 생각을 날려버렸다.

"에잇! 몰라, 몰라. 다 오정호가 잘못해서 그래. 다 오정호 잘못이야. 누가 그러게 양문대를 때리래? 됐고. 짠이나 하자."

스타 매니저 오정호의 탄생은 이렇게 정 실장의 소심한 복수로 시작됐다.

매니지먼트의 제왕

16장. 뒤틀린 시간

일주일 후.

정호와 유미지는 회사의 접견실에 마주 앉아 있었다.

"가수요? 기회를 주신 건 감사하지만…… 저는 노래랑 춤 모두 제대로 해본 적이 없어서요……. 해보긴 해봤지만 케스타, 아니 전 소속사에서는 별로라고……."

"잘할 겁니다. 걱정 마세요. 그리고 제가 원하는 건 뛰어난 가창력을 가지거나 뛰어난 춤 실력을 가진 유미지 씨가 아니에요."

"그럼요?"

"뛰어난 리더십으로 팀을 이끌어줄 사람입니다. 유미지 씨, 제 팀을 이끌어주시겠어요?"

잠시간의 침묵 후 유미지가 결연한 표정으로 고개를 끄덕였다.

정 실장과 보컬 트레이너, 안무 트레이너가 유미지를 간단히 테스트했다.

처음에는 어색해했지만 점차 적응이 됐는지 유미지는 마음껏 실력을 뽐냈다.

그 결과 뛰어나지는 않지만 준수하다는 평가를 받을 수 있었다.

연기를 해서 그런지 퍼포먼스 부분에서의 성장이 기대된다는 얘기도 나왔다.

정호가 유미지의 표정을 살피니 뜻밖의 칭찬에 기분이 좋은 모양이었다.

'오랫동안 비난을 받아온 만큼 칭찬에 굶주렸군. 혼내기보다는 달래서 키워야 하는 인재다.'

정호는 속으로 생각했고 바로 행동으로 옮겼다.

"잘했어. 미지야. 아! 이제 계약했으니 말 놔도 되지?"

"물론이죠! 이제 편하게 대해 주세요, 오빠. 정말 감사합니다."

그렇게 유미지는 무사히 계약을 마쳤다.

두 번째 조각이 맞춰진 순간이었다.

◇ ◆ ◇

강여운은 한 달간 휴식기를 갖기로 했다.

이 기간 동안 차기작을 준비함은 물론 밀린 광고 촬영 및 화보 촬영을 할 예정이었다.

덕분에 정호에게는 여유가 생겼다.

자잘한 스케줄은 민봉팔에게 부탁할 수 있었기 때문이었다.

정호가 걸 그룹 준비를 하고 있다는 사실은 모두가 알았다.

그래서 민봉팔이나 회사나 특별히 잡음이 일어날 만한 구석은 없었다.

다만 강여운이 조금 토라졌을 뿐이었다.

"하필이면 왜 걸 그룹이야…… 마음 심란하게……."

정호는 화보 촬영 도중 강여운이 이렇게 중얼거리는 걸 우연히 엿들었다.

바로 옆에서 거의 들으라는 듯 말했기 때문에 우연히, 라고 하기에도 애매했지만.

정호는 세 번째 조각을 찾기 위해 부지런히 뛰어다녔다.

정호가 생각하는 세 번째 멤버는 오서연이었다.

원래라면 김교빈 생일 파티 사건 이후 정호가 담당하게 되는 가수였다.

'그런데 어찌된 일인지 흔적을 찾을 수가 없다. 청월은 물론 어느 소속사에도 들어가지 않은 거 같은데…….'

정호는 당연히 오서연이 청월에 소속돼 있을 거라고 막연히 생각했다.

홍캐리의 신화가 한창 브라운관을 장악하던 시기에 오서연을 담당하며 고생했던 기억이 남아 있었다.

하지만 오서연은 청월과 계약조차 하지 않은 상태였다.

수소문을 했지만 청월만이 아니라 어디에도 흔적을 찾을 수 없었다.

'뭐가 잘못된 거지? 내가 파악한 정보가 잘못된 건가? 도대체 어디 있는 거냐, 서연아.'

오서연 역시 정호가 생각하는 걸 그룹에 없어서는 안 될 인물이었다.

'뛰어난 춤 실력과 훌륭한 래퍼로서의 자질. 이건 꼭 우리 팀에 필요해!'

비록 정호가 담당이던 시절에는 솔로로 활동했기 때문에 큰 인기를 끌지 못했다.

여자 래퍼에 대한 대중의 선입견이 작용했기 때문이었다.

하지만 3년간 꾸준히 활동한 덕분에 오서연은 꽤 이름을 알렸다.

특히 낫프리티 랩스타라는 방송을 통해서 큰 활약을 하며 제2의 윤미래라는 찬사를 들었다.

낫프리티 랩스타는 정호가 매니저로서 한 단계 도약하는 계기를 만들어준 프로그램이기도 했다.

'그러다가 갑자기 연예인을 관둔다고 해서 회사가 뒤집어졌지.'

이유는 알 수 없었다.

정말 어느 날 갑자기 도저히 연예인을 할 수 없을 것 같다고 말했다.

'몇 번이나 설득했지만 서연이는 끝내 이유를 말해주지 않았어. 혹시 그것과 관련된 일이 있는 건가?'

정호는 고민을 하다가 다시 직접 뛰어다니기로 마음먹었다.

고민만 해서는 답을 찾을 수 없었다.

기억을 더듬어 정호는 오서연의 집을 찾아갔다.

월곡동의 언덕길을 한참이나 차로 올라가 도착한 동네는 익숙했다.

오서연의 집으로 추정되는 오래된 붉은색 빌라가 보였다.

'여긴가?'

빌라로 들어가 301호와 302호 사이에서 갈등했다.

301호의 벨을 누르자 웬 남자 목소리가 들렸다.

"누구세요?"

벌컥.

문을 열고 나온 남자는 덩치가 꽤 컸다.

남자가 위아래로 정호를 훑어보다가 물었다.

"택배 기사는 아닌 거 같고. 누구?"

다소 말이 짧고 불량스러운 태도였다.

"오서연 씨를 찾고 있습니다. 혹시 여기가 오서연 씨 댁 아닙니까?"

남자가 다시 한 번 정호를 위아래로 살폈다.

"글쎄요…… 서연이 전 남자 친구?"

어처구니없는 오해에 정호가 피식 웃었다.

그러자 남자는 언제라도 정호에게 주먹을 날릴 것 같은 험한 표정을 지어 보였다.

"그렇게 인상 쓰지 마세요. 저는 오서연 씨의 전 남자 친구도 아니고, 오서연 씨를 좋아하는 사람도 아닙니다."

정호는 명함을 건네며 계속 말을 이어갔다.

"소개가 늦었군요. 청월 엔터테인먼트의 매니저 오정호라고 합니다."

정호의 얼굴과 명함을 이리저리 살피던 남자의 눈이 커졌다.

"혹시 홍캐리를 키웠다는 그 매니저님이신가요?"

정호는 갑자기 두통이 밀려옴을 느꼈다.

남자의 이름은 구배명이었다.

구배명은 정호를 안으로 들였다.

집은 엉망이었다.

도저히 사람 사는 꼴이 아니었다.

"하하. 요즘 통 청소를 못 해서……."

정호가 어떤 사람인지 알고 나서 구배명의 태도는 완전히 달라진 상태였다.

친절한 태도가 나쁘지는 않았지만 다소 경망스러웠고 간사하게 느껴졌다.

'사람을 외모나 행동으로만 판단해서는 안 되지. 조금 더 지켜보자.'

정호가 생각에 빠진 사이 구배명은 대충 발로 옷가지와 각종 쓰레기를 밀어 자리를 만들었다.

정호는 망설이다가 그 자리에 앉았다.

구배명이 상을 펴고 물을 두 잔 떠 왔다.

비로소 본격적인 대화가 시작됐다.

"귀한 분에게 물밖에 대접할 게 없네요. 하하."

"괜찮습니다. 그나저나 오서연 씨랑은 꽤 오래 알고 지내신 모양이죠?"

오서연과 구배명은 사귄 지 반 년 정도 된 사이라고 했다.

정호는 눈을 반짝였다.

'반 년 전이라면 서연이가 청월에 들어왔어야 하는 시기다.'

구배명이 덩치와는 어울리지 않는 호들갑스러운 목소리로 말했다.

"하하. 갑자기 클럽에서 춤을 추다가 만나게 된 사이라서 뭐 그렇게 진지한 관계는 아닙니다. 서연이의 집은 저 옆에 302호고요."

구배명은 묻지 않은 질문에도 답을 하는 전형적인 수다쟁이였다.

덕분에 정호는 많은 정보를 얻을 수 있었다.

'만난 지 반 년. 클럽에서 만났고 진지한 관계는 아님. 아는 사람의 전세 계약 일이 남아 있어 301호에서 구배명이 얹혀사는 중. 구배명은 직업 없음. 오서연이 오전에는 음식점 서빙 알바를 하고 오후에는 공연을 해서 벌어오는 돈으로 간신히 먹고 살고 있음.'

정호가 생각에 빠져 있는 동안에도 구배명은 계속 떠들었다.

"서연이가 워낙 저를 좋아해서 계속 만나기는 하는데 저도 퍽 난감합니다. 클럽에서 춤이나 추고 노래나 부르는 애라서 말이죠."

정호의 인상이 무섭게 일그러졌지만 구배명은 보지 못했다.

"그래도 다행이네요. 그렇게 구질구질하게 해대던 춤과 노래가 이렇게 유명한 매니저님을 불러내게 하고. 연예인 여자 친구라면 최소한 부끄럽지는 않겠네요."

자기 얘기에 심취해 있던 구배명이 비로소 정호의 표정을 확인했다.

뭔가 일이 잘못되었다는 생각이 들었는지 구배명은 난감하게 웃으며 물었다.

"하하. 저희 서연이랑 계약하시려고 온 거죠, 매니저님?"

왠지 속이 빤히 보이는 태도였다.

'성공한 여자 친구로 한몫 잡아보려는 속셈인가……'

정호는 간신히 화를 참으며 물었다.

"그나저나 301호 이 집이 아는 사람이 살던 집이라고요? 아는 사람이라면 누구입니까?"

"서연이네 할아버지입니다, 하하하. 할아버지가 7개월 전에 돌아가셨거든요."

"예? 그럼 서연이는 왜 옆집에…… 옆집에 사느니 할아버지랑 살았으면 되잖아요."

"서연이는 원래 다른 곳에 살았습니다. 금천구 쪽이었죠. 302호는 며칠 전 금천구 집의 계약이 끝나면서 마침 비었기에 들어온 겁니다. 제가 그냥 같이 살자고 했는데 극구 싫다고 하더군요. 괜히 돈만 더 들게."

정호는 구배명의 경솔한 말투부터가 짜증스러웠지만 아무 말도 덧붙이지 않았다.

다만 이렇게 물었다.

"그래서 오서연 씨는 지금 어디 있나요?"

◇ ◆ ◇

자신이 직접 안내를 해주겠다는 구배명의 제안을 거절했다.

정호는 구배명이 알려준 곳으로 향했다.

오서연은 '포러브' 라는 쌀국수집에서 오전 열 시부터 오후 다섯 시까지 아르바이트를 하고 있었다.

정호는 휴대 전화를 꺼내봤다.

'3시 47분. 가장 한가할 시간이군. 딱 좋아.'

가게로 들어서니 두 명의 아르바이트생이 정호를 반겼다.

"어서 오세요!"

"어서 오세요."

둘 중 덜 친절한 쪽이 오서연이었다.

정호는 피식 웃었다.

'퉁명스러운 건 여전하군. 팀에 합류하면 유나랑 아주 쿵짝이 잘 맞겠어.'

오서연이 아닌 친절한 여자 아르바이트생이 정호를 테이블로 안내했다.

"어떤 걸로 드릴까요?"

"쌀국수 주세요. 차돌, 양지. 레귤러로."

음식이 나올 때까지 정호는 딴청을 피우며 힐끔힐끔 오서연을 살폈다.

오서연은 구석에 앉아 한쪽 귀에 이어폰을 꽂고 음악을 듣고 있었다.

감시자가 없는 자유로운 분위기의 일터였다.

친절한 성격의 아르바이트생도 스마트폰을 보며 낄낄거리고 있었다.

두 사람은 별로 친하지 않은 모양이었다.

오서연이 워낙 말수가 없는 편이니 어찌 보면 당연한 일이기도 했다.

'내가 알고 있던 오서연의 모습 그대로야. 특별히 어떤 문제가 있어 보이진 않는데…… 그래도 혹시 몰라. 몇 주간 오서연과 구배명을 관찰하면서 기회를 엿보자.'

계획이나 기억에 비해 여러모로 뒤틀린 상태였다.

정호는 최대한 신중하고 자연스럽게 오서연에게 접근할 생각이었다.

과거에 오서연의 계약을 따냈던 청월의 매니저도 오서연의 경계심이 너무 심해 고생을 했다는 얘기가 있었다.

'게다가 구배명이라는 놈이 어떤 놈인지 확실히 알아야겠다. 왠지 그쪽에서 안 좋은 냄새가 나.'

그렇게 정호의 '오서연 계약하기' 프로젝트가 시작됐다.

17장. 설마 도플갱어?

정호는 매일 3시 40분경 오서연이 일하는 쌀국수집을 찾았다.

하루도 빠지지 않고 딱 쌀국수 한 그릇만 먹고 갔다.

오서연에게는 아무 말도 걸지 않았다.

익숙하고 편한 인상을 남기는 게 목적이었다.

물론 일은 목적대로 풀리지 않았다.

친절한 성격의 아르바이트생, 윤정아가 오서연을 불렀다.

"언니, 언니!"

음악을 듣고 있던 오서연을 이어폰을 빼며 대답했다.

"왜?"

"저 남자 이상하지 않아요?"

"저 남자? 누구?"

"저기 저 남자요! 지금 저 남자 말고 가게에 또 누가 있나요?"

윤정아의 말대로였다.

손님은 창가 자리에 앉아 혼자 쌀국수를 먹는 어떤 남자뿐이었다.

그 남자는 쌀국수를 먹다가 힐끔 두 사람을 쳐다봤다.

그러더니 금세 다시 고개를 숙인 채 쌀국수를 먹기 시작했다.

"봐요. 이상하죠?"

"이상하네."

"그쵸? 저 사람 나 좋아하는 거 같죠?"

"아니."

"엥? 그럼 뭐가 이상한데요?"

"쌀국수에 고수를 안 넣어 먹네. 멍청이."

두 사람의 대화는 이렇게 맥이 끊겼다.

도저히 친해질 수 없는 두 사람이었다.

한편 두 사람이 관찰하고 있는 그 남자, 정호는 쌀국수를 먹으며 생각에 빠져 있었다.

'두 주 동안 특별한 일은 벌어지지 않았다. 매일 밤 있는

오서연의 공연도 완벽했어. 특히 그루브를 타는 게 프로급이었지.'

얼핏 보면 오서연은 행복한 것 같았다.

생활은 고되지만 좋아하는 일을 하고 있었고 좋아하는 사람과 가까운 곳에서 살고 있었으니깐.

'근데 단 하루도 표정이 밝았던 적이 없어. 도대체 왜지? 역시 구배명 때문인가.'

하지만 구배명은 현재까지 아무런 문제가 없었다.

직접 대하고 간접적으로 관찰한 결과 무능력하고 말을 함부로 하는 경향이 있었지만 나쁜 짓을 한 적은 없었다.

결국 사람 자체가 나쁘다고 할 수는 없었다.

'뭐가 문제일까? 혹시 좋아하지 않는데 구배명이랑 억지로 사귀고 있는 걸까?'

그렇다고 하기에도 이상한 구석이 많았다.

싫으면 헤어지면 되는 건데 오서연은 전혀 그럴 마음이 없어 보였다.

오히려 두 사람 몫의 생활비를 벌기 위해 하루도 빠짐없이 열심히 일하고 있었다.

'사랑하지만 조금 지친 걸까? 그래 그럴 수도 있지…….'

정호는 오서연이 만족할 만한 삶을 살고 있다면 굳이 연예계로 끌어들일 생각이 없었다.

연예인이 된다고 꼭 행복한 것은 아니었다.

실제로 정호의 기억 속 오서연은 3년 만에 연예계를 떠났다.

행복을 찾기 위해 떠났던 건지는 알 수 없었지만 행복하지 않아서 떠났다는 것만은 확실했다.

'오늘을 마지막으로 하자. 오늘까지 아무 일이 없다면 서연이를 포기하고 차선책을 모색할 수밖에…… 서연이의 행복을 위해…….'

정호는 쌀국수를 다 먹고 자리에서 일어났다.

평소처럼 계산을 하고 나가려고 하는데 친절한 아르바이트생 윤정아가 말을 걸었다.

"손님, 자주 오시네요?"

"네. 여기 국수가 입맛에 맞아서요."

"정말 국수 때문에 여기 오는 거예요?"

정호는 질문의 요지를 파악할 수 없어서 윤정아를 쳐다봤다.

"아니…… 뭐…… 다른 이유가 있을 수도 있으니까요."

윤정아가 부끄럽다는 듯 얼버무리며 말했다.

정호는 바보가 아니었기 때문에 윤정아의 행동이 무엇을 뜻하는지 단번에 알아차렸다.

연예인을 할 정도는 아니었지만 윤정아는 퍽 예쁘장한 아르바이트생이었다.

'귀엽네. 청춘인가?'

정호가 맞장구를 쳐주기로 했다.

"다른 이유가 있죠."

"있어요? 그죠? 이유가 있죠?"

갑자기 호들갑을 떤 게 민망했는지 애써 태연한 척 가장하며 윤정아가 덧붙여 물었다.

"이유가…… 뭔데요?"

정호가 손가락으로 오서연을 가리켰다.

"저분이 제 이상형이거든요."

음악을 듣고 있는 오서연은 '이게 갑자기 무슨 상황이야?' 하는 표정으로 정호를 쳐다봤다.

어차피 오늘을 끝으로 다시 올 생각이 없었기에 할 수 있는 장난이었다.

하지만 윤정아는 이 상황을 단순히 장난으로 받아들이지 않은 모양이었다.

"손님. 9,800원입니다."

바로 토라졌다.

◇ ◆ ◇

정호는 가게에서 나와 바로 월곡동으로 향했다.

빌라에 처박혀 있을 구배명을 관찰할 생각이었다.

두 주간 망원경까지 동원해서 감시했지만 구배명은 별다른 움직임이 없었다.

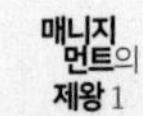

낮술을 마시고 하루 종일 퍼질러 자거나, 피시방에 가서 게임을 하기보다는 욕과 담배를 더 즐기는 그런 생활 패턴이었다.

'오늘은 피시방에 가려나? 차라리 그게 덜 지루한데…….'

하지만 뜻밖에도 구배명은 말쑥한 차림으로 빌라를 나서고 있었다.

좀 꽉 끼는 느낌이었지만 하늘색 와이셔츠와 슬랙스 바지가 구배명을 전혀 다른 사람처럼 보이게 했다.

포인트는 머리에 꽂아 넣은 선글라스였다.

'뭐지? 저건 절대 피시방이나 편의점을 가는 복장이 아닌데?'

구배명의 통화 내용이 정호의 생각에 확신을 줬다.

"어, 자기. 어디야? 론도백화점 앞? 그래, 그럼 거기 있어. 내가 그쪽으로 갈게. 아이! 오늘은 걱정하지 말라니깐. 내가 세입자들한테 현금 두둑이 챙겨놨어. 우리 예쁜이도 건물주 남친 덕 좀 봐야 하잖아!"

낌새가 수상했다.

특히 구배명이 건물주라고 거짓말을 치는 대목에서는 어이가 없어 실소가 나올 뻔했다.

'이 새끼가 드디어 본색을 드러내구나!'

정호가 천천히 차를 몰아 구배명을 미행했다.

전화 통화에 정신이 팔려서 구배명은 전혀 정호의 존재를 눈치 채지 못했다.

어느새 론도백화점에 도착한 구배명이 어딘가를 향해 손을 흔들었다.

그곳에는 자동차를 몰고 있는 어떤 여인이 마주 손을 흔들고 있었다.

딱 봐도 두 사람은 연인 사이였다.

"오빠, 미국 출장은 잘 다녀왔어?"

"말도 마. 지겨워 죽는 줄 알았어. 말이 좋아 미국 출장이지. 거의 기숙사 학원이었다니깐? 우리 자기랑 전화 통화도 못 하고."

"나도 우리 자기 너무 보고 싶었어! 오늘 세입자들한테 수금은 잘했어?"

"잘했지. 용돈벌이나 하라고 엄마가 준 후진 동네에 후진 건물이지만 그래도 수입은 꽤 쏠쏠해."

"히히. 잘됐다. 오늘 여행 재밌겠다. 현수랑 미진이도 지금 만나서 오는 길이래."

두 사람의 대화를 통해 정호는 모든 상황을 파악할 수 있었다.

'여자 친구한테 빌붙어서 집을 받아 사는 주제에 미국 출장? 거기에 서연이가 뼈 빠지게 일해서 번 돈으로 커플 여행을 가? 넌 죽었다, 구배명. 죽었다고 백 번 복창하는 게 좋을 거야.'

하지만 당장 나서지 않았다.

더 확실한 증거를 잡을 생각이었다.

정호가 다짐을 되새기는 사이 두 사람이 차를 타고 출발했다.

정호는 두 사람을 뒤따랐다.

'커플 여행이라면 펜션 같은 곳을 숙소로 잡았겠지. 현장을 덥치자. 현장을 덮친 후 서연이에게 상황 파악을 시킨 후에 일을 처리해도 늦지 않아.'

정호는 구배명과 숨겨진 애인의 뒤를 따르며 계획을 세웠다.

'뭐…… 서연이라면 내가 나서기 전에 먼저 나서서 구배명을 때려눕히겠지.'

왠지 껄끄러운 기분이 들기는 했지만 정호는 분명 오서연이 구배명을 깔끔하게 처리할 거라고 믿어 의심치 않았다.

'하지만 그걸로 끝나지 않을 거다. 구배명, 너는 내가 확실히 나락으로 떨어뜨려 주지.'

그렇게 정호는 한참 두 사람을 미행했다.

잠시 후 두 사람은 휴게소에 들렀다.

'즐길 수 있을 때 즐겨라. 이제 곧 지옥이 찾아올 테니. 일단 나도 화장실을 다녀와야겠다.'

쌀국수집 이후로 한 번도 화장실을 쓰지 않은 정호였기 때문에 화장실 이용은 불가피했다.

화장실에서 볼일을 마치고 돌아왔다.

'응? 어디 갔지?'

근데 정호가 미행하던 두 사람의 차가 보이지 않았다.

그때 멀리서 머리에 선글라스를 꽂은 사람이 보였다.

하늘색 와이셔츠를 입은 게 구배명이 확실했다.

'거기 있었구나. 구배명.'

주차한 곳에서 차가 멀어진 상태였지만 정호는 별생각 없이 구배명의 차를 따라갔다.

한참 차를 몰았다.

어쩐 일인지 구배명은 대전으로 가고 있었다.

'뭐야? 왜 대전으로 가? 대전에 좋은 휴양지가 있었나?'

30분이 더 지나고 마침내 구배명의 차가 멈춰 섰다.

정호는 시야가 간신히 닿을 듯한 곳에 멀찌감치 차를 세워두고 구배명은 관찰했다.

하지만 차에서 내린 사람은 구배명이 아니었다.

'뭐, 뭐지?'

복장은 구배명이 확실했지만 얼굴을 보니 구배명이 아니라 구배명을 닮은 어떤 남자였다.

'아…… 망했다. 이런 실수를 하다니…… 복장부터 차종까지 똑같아서 착각했구나…….'

정호뿐만이 아니라 누구라도 충분히 착각할 수 있을 만한 상황이었다.

얼굴만 빼고 거의 모든 것이 구배명와 비슷했기 때문이었다.

'그래도 이런 실수를 하다니…….'

정호가 그렇게 실망감에 빠져 있을 때 목소리가 들려왔다.

—시간을 결제하시겠습니까?

정호는 괜히 포인트를 사용하는 거 같아 아까웠지만 포인트를 사용하지 않을 수 없는 상황이었다.

'사용한다. 사용해. 이것까지 합해서 반드시 큰 수모를 겪게 해주겠다, 구배명!'

그렇게 복수의 시간을 다시 찾기 위해 정호가 시간을 결제했다.

◇ ◆ ◇

—결제되었습니다. 당신이 원하는 시간을 얻습니다.

[결제한 포인트 : 90 / 남은 포인트 : 1620]

그사이 포인트가 꽤 늘어난 상태였다.

적지 않은 사람들이 정호에게 신뢰를 보내고 있다는 증거였다.

특히 〈내 사랑 티라미수〉 특별편 방송 이후 포인트가 급격히 쌓였다.

'이거 권 팀장님한테 감사 인사라도 해야 하나.'

여전히 그 사건의 배후에 정 실장이 있다는 걸 모르는 정호였다.

한 시간 반 전으로 돌아온 정호는 다시 론도백화점 앞이었다.

'휴! 그나저나 미행을 다시 반복해야 하는 건가?'

포인트가 아까운 것도 있었지만 길고 지루한 미행을 다시 시작해야 한다는 사실에 짜증이 났다.

지금부터 긴 시간 요의를 참아야 한다는 것도 귀찮고 불편한 일이었다.

'아까 열 받는다고 물을 너무 마신 게 원인일 거야…… 마음대로 할 수 있는 게 하나도 없군.'

그렇게 다시 구배명의 미행이 시작됐다.

◇ ◆ ◇

어느새 구배명을 놓쳤던 휴게소에 도착했다.

구배명은 편의점에서 물 한 병을 사가지고 돌아왔다.

'금방이군. 그래서 내가 놓쳤던 거야.'

다행히 이번에는 요의가 심하게 느껴지지 않았다.

무사히 구배명을 미행할 수 있을 것 같았다.

"자기! 물 사왔어. 목 많이 말랐지?"

정호는 서둘러 녹음을 시작했다.

이전의 시간에서는 미처 신경 쓰지 못한 부분이었다.

'확실히 사진만으로는 증거가 되기 힘들지. 그래도 다행인 건 한 번 구배명을 놓친 게 오히려 호사로 작용했어.'

녹음기는 평소 정호의 필수 소지 아이템 중 하나였다.

과거에는 나쁜 일에 쓰기 위해 들고 다녔지만 요즘에는 활용도 때문에 들고 다니는 편이었다.

녹음기가 익숙해서 그런지 정호는 계약, 미팅, 업무 숙지 등 많은 곳에서 녹음기를 적극적으로 활용했다.

구배명과 그 애인은 다시 차를 출발시켰다.

두 사람은 정호의 예상대로 가평의 어느 펜션에 차를 세웠다.

정호는 구배명과 그 애인의 다정한 모습을 몇 장이나 카메라에 담았다.

'자. 이제 복수의 시간이다.'

좋은 공연이었다.

그날도 관객의 호응을 받으며 오서연이 무대에서 내려왔다.

"와! 쩐다. 여자 래퍼라고 별로일 줄 알았는데 개오졌음."

"얼굴도 개예쁨."

"봤지? 내가 장난 아니라고 했잖아."

다른 유명 언더그라운드 래퍼들 사이에서 간신히 한 자리를 받아 공연을 하는 처지였지만 오서연은 인기가 좋은 편이었다.

'훗. 우리 서연이가 이미 많이 유명하구나. 아! 이럴 때가 아니지.'

정호는 여러 번 공연을 관람하며 오서연이 움직이는 동선을 파악한 상태였다.

그래서 어렵지 않게 오서연과 마주칠 수 있었다.

"어……? 그쪽은?"

오서연은 쌀국수집에서의 사건이 강렬했는지 정호를 기억하고 있었다.

"안녕하세요. 청월 엔터테인먼트 매니저 오정호라고 합니다. 혹시 지금 시간 좀 내주실 수 있을까요?"

눈치를 보니 바쁘다는 핑계를 대고 자리를 뜨려는 것 같았다.

"제가 지금 일이 있어서……."

예상대로였다.

그런 오서연의 팔을 정호가 붙잡았다.

경계가 심하다고 하더니 정말 장난이 아니라는 생각이 들었다.

'매니저라는 말을 듣고도 일말의 호기심조차 보이지 않는다니. 역시 오서연인가…….'

정호는 내심 놀랐지만 이 정도 상황조차 고려하지 않은 건 아니었다.

"구배명 씨와 관련해서 꼭 보여주고 싶은 게 있어서 그럽니다."

"구배명? 당신이 제 남자 친구를 어떻게 알죠?"

"잘 알죠. 그러니깐 카페로 자리를 옮겨서 얘기를 좀 해 보는 거 어떨까요?"

오서연이 뭔가를 살피듯 정호를 뚫어져라 쳐다봤다.

그러더니 대답했다.

"싫어요. 붙잡지 마세요."

정호는 오서연의 단호한 태도에 놀라 하마터면 오서연을 놓칠 뻔했다.

하지만 이내 서둘러 걸어가 오서연의 앞을 가로막았다.

이대로 오서연을 보낼 수 없었다.

"뭐죠? 붙잡지 말라고 했는데요?"

"확실히 카페에서 마음 편히 이야기를 나누기는 그른 것 같네요. 이걸 받으세요."

정호는 오서연에게 종이봉투 하나를 건넸다.

"내용물은 보시면 알게 될 겁니다. 특히 그 안에 들어 있는 제 명함은 잃어버리지 마세요. 반드시 필요하게 될 테니깐."

이번에는 정호가 먼저 돌아섰다.

그런 정호의 뒷모습을 보며 오서연이 종이봉투를 꼭 쥐었다.

오서연은 뭔가를 예감한 표정이었다.

18장. 상처를 대처하는 자세

며칠 후 홍대의 어느 카페.

정호와 오서연은 마주 보고 앉아 있었다.

"이렇게 연락을 주실 줄 알았습니다."

정호가 웃으면서 말했지만 오서연의 표정은 좋지 않았다.

"종이봉투에 대해서 설명해 봐요."

좋지 않은 기분을 직설적인 말투로 드러내고 있었다.

하지만 정호는 이미 이런 상황을 예측한 상태였다.

"종이봉투에 대해서 설명하려면 긴 애기가 필요할 것 같은데 괜찮나요?"

오서연은 잠시 고민하다가 고개를 끄덕였다.

정호는 준비해온 각색된 이야기를 꺼냈다.

의심을 사지 않기 위한 최소한의 방비책이었다.

"좋습니다. 그럼 얘기를 해보죠. 눈치를 채셨는지 모르겠지만 오랫동안 오서연 씨를 영입하고 싶어서 따라다녔습니다."

"오랫동안이요? 얼마나?"

오서연의 표정은 어두웠지만 어느 정도 호기심을 드러내고 있었다.

"2주 정도 됐습니다. 우연히 공연을 통해서 오서연 씨를 알게 됐죠."

"그렇다면 바로 저에게 말을 걸면 되지 어째서 2주간 저를 미행하신 거죠?"

오서연 입장에서는 당연한 의문이었다.

물론 이 부분에 대한 것도 정호는 이미 대답을 준비한 상태였다.

"그날 공연이 끝나고 바로 말을 걸려고 했습니다. 하지만 저보다 먼저 선수를 친 사람이 있더군요."

"아……."

그건 실제로 2주 전에 있었던 일이었다.

멀리서 정호가 오서연을 관찰하고 있는데 어떤 남자가 오서연에게 접근하는 게 보였다.

'뭐지? 아…… 매니저구나. 역시 오서연을 눈여겨보는 소속사가 있었군.'

나중에 알고 보니 투투의 매니저였다.

'투투랑 여러모로 엮이는 기분이군. 뭐, 어쩔 수 없는 일인가.'

정호는 계속 말을 이어갔다.

"거기서 오서연 씨가 그 매니저의 계약 제의를 거부하는 걸 보면서 신중해야겠다고 생각했습니다. 그때부터 미행…… 아니, 오서연 씨의 영입을 위한 신중한 관찰이 시작됐죠. 혹시나 제 신중함이 불편했다면 죄송합니다."

"뭐…… 됐어요. 그래서 이 종이봉투는 어떻게 얻게 된 거죠?"

정호는 아까와는 달리 '종이봉투' 라는 단어를 뱉는 오서연의 목소리가 약간 떨린다는 느낌을 받았다.

"구배명 씨의 존재는 오서연 씨를 따라다니는 과정에서 알게 됐습니다. 저는 고민 끝에 오서연 씨를 포섭하기 위해 구배명 씨에게 오서연 씨를 소개시켜 달라는 부탁도 했었죠."

"그랬나요?"

오서연은 그런 얘기를 들어본 적이 없다는 반응이었다.

"문제는 그 과정에서 이상한 느낌이 들었다는 사실입니다. 왠지 구배명 씨가 오서연 씨를 못마땅해 하는 듯한 인상 같은 걸 받았습니다."

갑자기 오서연의 표정이 어두워졌다.

오서연은 입을 다물었다.

하지만 정호는 여기서 입을 다물 생각이 없었다.

"그러다가 우연히 오서연 씨가 들고 계신 사진들과 녹음 자료를 입수하게 되었습니다."

그랬다.

종이봉투에 들어 있던 것은 구배명과 그의 애인을 찍은 사진들과 녹음 자료였다.

오서연이 정호를 원망하듯 쳐다봤다.

"이런다고 제가 그쪽과 계약할 것 같나요?"

정호는 오서연의 마음을 어렴풋이 알 수 있었다.

원망스러울 것이다.

혹시나 했던 일에 증거를 들이민 정호가 왠지 얄미울 것이다.

인간은 때론 나쁜 짓을 한 사람보다 그게 나쁜 짓이었다는 걸 알려주는 사람에게 더 큰 분노를 느끼는 법이었으니깐.

그런 마음을 알았기에 정호는 조심스럽게 입을 열었다.

"오서연 씨가 지금 어떤 기분일지 저는 완벽히 이해할 수 없습니다. 다만 한 가지 바라는 게 있습니다."

오서연은 더 이상 입을 열지 않을 생각인 듯 뚫어져라 정호만 쳐다봤다.

그 모습은 강인해 보인다기보다는 언제라도 깨어질 것 같은 유리처럼 느껴졌다.

정호는 심호흡을 한 뒤 입을 열었다.

"구배명을 용서하지 마십시오."

잠깐이지만 오서연의 눈빛이 흔들렸다.

하지만 정호는 더 이상 말을 이어가지 않고 자리에서 일어났다.

◇ ◆ ◇

다음 날 늦은 밤.

하루 종일 피시방에서 시간을 보내고 돌아오는 구배명은 기분이 좋지 않았다.

'오늘 게임 진짜 안 풀리네. 집에 가서 맥주나 한잔하고 잠이나 자야겠다.'

구배명이 지칭하는 집은 물론 오서연의 집이었다.

구배명은 편의점에 들려 맥주를 사 가지고 집으로 올라갔다.

평소처럼 낡고 황량한 느낌의 빌라였다.

'휴! 괜찮은 년 하나 잡아서 진짜 이곳에서 벗어나야 하는데. 저번에 오정호라는 매니저는 서연이한테 계약 제의를 안 한 건가? 오늘 물어봐야겠다.'

이런 생각을 하며 계단을 올라 301호 현관문 앞에 섰는데 현관문 앞 풍경이 평소와는 달랐다.

'이게 뭐지?'

짐이었다.

각종 짐들이 현관문 앞에 잔뜩 쌓여 있었다.

그때 현관문이 열리고 오서연이 캐리어를 끌고 나왔다.

"마침 잘 왔네. 피시방 다녀온 거야?"

오서연의 얼굴이 평소보다 차가운 것 같은 기분이었지만 못 본 척 구배명이 대답했다.

"응, 기분 전환 좀 하려고. 근데 네가 왜 거기서 나와? 이건 다 뭐고?"

"네 짐."

"누구 짐?"

"네가 지금 챙겨서 당장 꺼져줘야 할 짐."

구배명의 머리가 빠르게 돌아갔다.

잠시 후 구배명은 어렵지 않게 상황을 파악했다.

"서연아, 네가 무슨 오해가 있는 모양인데……."

"닥치고 좋은 말로 할 때 꺼지는 게 좋을 거야."

"저기 서연아…… 제발 내 말 좀……."

하지만 오서연은 대꾸 없이 캐리어를 두고 현관문을 닫아 버렸다.

구배명이 따라 들어가려고 했지만 이미 현관문이 닫힌 뒤였다.

구배명은 쿵쿵, 현관문을 두드리며 소리쳤다.

"서연아! 내 말 좀 들어봐! 네가 무슨 오해를 하는 거라니깐!"

"이 정도로 끝내는 걸 다행인 줄 알고 꺼져!"

"서연아! 서연아!"

한 시간이나 끈질기게 현관문을 두드리며 사정했지만 끝내 오서연은 나오지 않았다.

일단 구배명은 캐리어와 몇 가지 짐만 들고 내려왔다.

'에이씨! 도대체 무슨 일인 거야? 혹시 정미의 존재를 눈치 챈 건가? 에이, 모르겠다. 숙소를 잡고 정미 년부터 뜯어먹어야겠다. 나중에 잘 여물면 뜯어먹으려고 했는데 계획을 앞당길 수밖에 없겠어.'

하지만 일은 구배명의 생각대로 풀리지 않았다.

지이잉.

"응. 정미야. 안 그래도 내가 전화하려고 했는데……."

"전화? 왜? 여자 친구한테 쫓겨나기라도 했나 보지?"

구배명은 당황했다.

"그, 그걸 어떻게?"

"어느 날 갑자기 내 앞으로 소포 하나가 배달돼서 열어봤더니 거기 들어 있더라고. 네가 어떤 년이랑 사귀는지부터, 후줄근하게 입고 다니며 낮술 퍼마시고 피시방이나 다니는 것까지 모두 찍힌 사진이."

구배명은 어떻게든 위기를 모면하기 위해 입을 열었다.

"정미야, 오해야. 내 말 좀 들어봐. 오서연, 그년이 너한테 뭘 보냈는지는……."

"오! 그 여자 이름이 오서연인가 보지? 인간아. 너 그렇게 살지 마라. 한 여자 등쳐먹고 사는 것도 모자라서 나까지 넘봐? 거지새끼 주제에?"

"말이 너무 심하다, 정미야. 그러니깐 내 말 좀 들어 보……."

"됐고. 다시 연락하지 마. 사기죄로 고소당하기 싫으면."

뚝.

전화가 끊겼고 구배명이 길 한가운데에서 소리를 질렀다.

"에이 씨X!"

그때 차 한 대가 빠르게 구배명을 향해 달려왔다.

"어, 어."

끼이익. 빵.

구배명의 몸이 공중으로 붕 떴다.

털썩.

사고를 일으킨 자동차는 잠시 망설이더니 그대로 달아났다.

차가운 아스팔트 위에 누워서 구배명은 정신은 잃었다.

한편 그 모습을 지켜보던 사람이 있었다.

"거기 119죠? 네, 여기 사람이 하나 쓰러져 있는데요. 뺑소니 같습니다. 여기 위치가요. 월곡동……."

남자의 정체는 바로 정호였다.

구배명의 숨겨진 애인 안정미에게 종이봉투를 보낸 사람도 물론 정호였다.

전화를 끊고 정호는 생각했다.

'나쁜 짓을 많이 벌이더니 벌을 제대로 받는구나, 구배명.'

원래 정호는 복수의 기회를 완전히 오서연에게 넘길 생각이었다.

맺고 끊는 게 확실한 성격의 오서연이라면 정호만큼 확실히 복수를 할 수 있을 거라고 생각했다.

하지만 카페에서 나가려는 정호를 붙잡고 오서연이 했던 얘기들이 맴돌아 복수를 결심하지 않을 수 없었다.

오서연이 정호의 팔을 붙든 채 오랫동안 감춰 왔을 이야기를 두서없이 털어 놨다.

"제가 사랑하던 남자가 스스로 목숨을 끊었어요."

"네?"

정호가 당황해서 되물었지만 고해 성사를 하는 사람처럼 오서연은 멈추지 않고 말했다.

"연예인 지망생이었는데 끊임없이 반복되는 경쟁에서 도태됐고 결국 그런 선택을 벌이고 말았죠. 지금의 남자 친구를 만난 건 그 사람을 잊기 위해서 발버둥 칠 때였어요. 부끄럽지만 구배명은…… 그 못된 인간은…… 그때까지만 해도 제게 구원처럼 느껴졌죠."

정호는 오서연에 대한 퍼즐이 비로소 맞춰지는 기분이었다.

'이거였구나. 서연이가 결국 3년 만에 연예인을 그만둘 수밖에 없었던 이유. 연예인 지망생 남자 친구가 있었다니.'

오서연이 계속 얘기했다.

"하지만 지금의 남자 친구가 좋지 못한 사람이라는 건 금세 알 수 있었죠. 조금만 들여다봐도 이상하다는 걸 누구나 눈치 챌 수 있으니까요. 저를 사랑하지 않는다는 걸 알 수 있으니까요. 그래도 그 못된 인간을 놓을 수 없었어요. 놓는 순간 제 삶도 끝나 버릴 것 같았기 때문이죠."

금방이라도 울 것 같은 표정의 오서연이었다.

이런 표정은 오랜 시간 오서연과 함께했던 정호도 처음 보는 것이었다.

"구배명을 용서할 수 없어요. 그렇다고 구배명에게 복수를 할 수도 없어요. 구배명을 통해서 제가 구원을 받았던 건 어쩔 수 없는 사실이니깐. 구배명에게 복수를 하는 순간 스스로 목숨을 끊었던 그 사람이 다시 저를 따라다닐 테니깐."

오서연이 정호를 올려다봤다.

"매니저님. 제가 스타가 될 수 있을까요? 이런 상처를 안고 있는 제가 과연 사람들 앞에서 빛나는 스타가 될 수 있을까요?"

멀리서 사이렌을 울리며 다가오는 응급차를 바라보며 정호가 중얼거렸다.

"될 수 있어. 내가 꼭 그렇게 만들게. 예전에도 그랬듯이."

정호는 뒤돌아 발걸음을 옮기기 시작했다.

정호의 머릿속에는 그런 고백을 하는 순간에도 끝까지 눈물을 흘리지 않던 오서연의 얼굴이 떠올랐다.

이제 복수가 아니라 성공을 향해 나아갈 시간이었다.

매니지먼트의 제왕

19장. 예능 출연?

일주일 후.

오서연은 계약을 위해 청월의 사무실에 방문했다.

이번에도 정 실장과 두 명의 트레이너가 간단한 테스트를 봤다.

"가사 전달력도 가사 전달력이지만 그루브가 대단히 좋네요. 당장 데뷔를 해도 되겠어요."

"춤은 따로 배운 적이 있나요? 프로 느낌이 나는데……."

댄스 트레이너의 질문에 오서연이 대답했다.

"네. 잠깐."

오서연은 랩만으로 생활을 유지하기가 힘들어 일 년 반

동안 실제로 댄서 생활을 한 경력이 있었다.

후한 평가는 계속됐다.

음색이 나쁘지 않고 호흡도 안정된 편이라서 보컬을 맡겨도 잘할 것 같다는 얘기나 외모도 배우 출신의 유미지 못지않은 매력이 있다는 얘기 같은 것들이 오갔다.

계약은 그렇게 좋은 분위기 속에서 무사히 마무리됐다.

다소 걱정스러워하는 것 같았던 오서연의 표정도 무척이나 밝아져 있었다.

◇ ◆ ◇

"네네. 그렇습니까? 네. 다행이네요. 알려줘서 감사합니다."

정호가 전화를 끊고 돌아서는데 정 실장이 정호에게 다가왔다.

"어디서 저런 물건을 데려온 거야?"

"뭐…… 어쩌다가요……."

정호는 정 실장에게 오서연과 관련된 얘기를 하려다가 말았다.

이미지 타격을 받을 만한 개인사 하나 없는 연예인이란 존재하지 않았다.

연예인 입장에서 제일 좋은 건 이 개인사가 밝혀지지 않는 것이지만 만약 피치 못하게 밝혀져야 한다면 중요한 건 타이밍이었다.

개인사가 어떤 방법으로, 어떻게 공개되는가에 따라서 대중은 개인사를 별거 아닌 이야기로 넘기기도 했다.

정호가 구배명을 찾아간 것도 그런 이유 때문이었다.

원래 정호의 복수는 구배명의 애인에게 사진이 담긴 종이봉투를 보내는 것까지였다.

다만 구배명이 그 종이봉투의 존재를 알게 되면 종이봉투의 출처를 오서연으로 오해할 것이 뻔했고 구배명의 성격상 오서연이 스타가 되었을 때 보복과 한몫 챙기려는 협박을 자행할 것이 확실했다.

정호는 이러한 일을 예방하기 위해 미리 구배명을 찾아가 어느 정도 경고를 할 생각이었다.

최대한 시간을 버는 게 목적이었다.

시간을 벌 수 있다면 원하는 타이밍에 구배명의 존재를 밝힐 수 있었다.

'낫프리티 랩 스타로 실력 있는 래퍼라는 사실을 인정받았을 때. 그때가 타이밍이다.'

이렇게 된다면 이미지의 타격이 있겠지만 대중은 어느 정도 이해를 하고 넘어갈 가능성이 높았다.

물론 이런 계획들은 우연히 벌어진 갑작스러운 뺑소니 사고로 틀어져 버렸다.

정호의 말투에서 수상한 낌새를 느꼈는지 정 실장이 입을 열었다.

"뭐가 있나 보구나? 뭐…… 걱정 마. 이 바닥에 개인사 하나 없는 사람 어디 있냐? 대책만 잘 마련해두면 돼."

정 실장의 말에 정호가 피식 웃었다.

"어쭈, 웃어?"

"아닙니다."

"아니긴 뭐가 아니야, 웃었잖아!"

"그냥…… 생각보다 일이 잘 풀릴 것 같아서 웃는 겁니다."

"그래? 그럼 됐고."

방금 정호가 전화 통화를 나눈 곳은 구배명이 실려 간 병원이었다.

정호의 빠른 신고로 인적 하나 없는 길 한가운데에서 사고를 당한 구배명은 무사히 골든타임에 응급 수술을 받을 수 있었다.

그 결과 몇 년간 성실히 재활 치료를 받는다면 정상 생활을 하는 데 문제가 없다는 진단이 나온 상태였다.

'이번 일로 뭔가 깨달은 바가 있겠지…… 부디 새 사람으로 살아가라, 구배명.'

정호의 생각은 거기서 멈추지 않았다.

이번 일을 계기로 정호도 깨달은 바가 있었다.

'생각해 보면 방법이 잘못됐어. 상황을 엿보며 타이밍을

재는 것은 스카우트의 기본이지만 너무 과도한 부분이 없지 않았다. 이전의 삶을 반복하지 말자. 작은 부분을 하나라도 놓쳐선 다시 악인이 되고 말 거야.'

정호는 그렇게 각오를 다졌다.

◇ ◆ ◇

한편 강여운의 화보 촬영 현장.

정호가 걸 그룹 관련의 일로 신경을 쓰고 있을 때 민봉팔은 곤란한 지경에 빠져 있었다.

"정호 오빠는?"

"아, 정호는 오늘……."

주 코디의 도움을 받아 립글로스를 바르고 있던 강여운이 도끼눈을 떴다.

"설마 오늘도 일이 있어서 못 오는 건 아니겠지?"

"정말 급한 일이 있거든. 오서연이라는 애의 계약 때문에……."

"오서연? 또 여자랑 계약을 한다고?"

"그럴 수밖에…… 정호가 만드는 게 걸 그룹이니깐."

"어떻게 또 여자랑 계약을 할 수 있어? 나를 놔두고?"

"아니…… 정호가 만드는 게 걸 그룹이라니깐 여운아……."

강여운이 자리에서 벌떡 일어났다.

주 코디는 “어머, 어머. 여운아. 화장 망친다.”라고 하며 놀랐다.

“나도 할래.”

“응?”

“걸 그룹은 여자만 할 수 있는 거라며?”

“드디어 이해를 했구나…….”

“그럼 나도 할래, 걸 그룹. 나도 여자잖아.”

◇ ◆ ◇

정호가 마지막 하나 남은 퍼즐을 어떻게 할까 고민하고 있을 때 전화가 왔다.

지이잉.

민봉팔이었다.

“정호야, 비상이다.”

“갑자기 무슨 소리야?”

“여운이가 예능에 출연하겠대.”

“예능? 우리 휴식기에는 예능 출연 안 하기로 했잖아.”

정호는 이전의 시간에서 홍단비 역을 맡았던 하수아가 예능 출연으로 혹사를 당하며 연기를 놓치고 이미지가 소진된 일을 기억하고 있었다.

정호의 강력한 의견 피력이 있었기 때문에 강여운이 예능 쪽의 섭외를 모두 거절했다.

“갑자기 왜 그러는 거야?”

“댄스 신고식에서 자신의 노래랑 춤 실력을 뽐내 보겠대.”

“노래랑 춤?”

“응. 노래랑 춤…… 망했지?”

“망했다……. 기다려. 내가 그쪽으로 갈게.”

잠시 후 정호는 강여운이 화보를 찍고 있는 현장에 도착했다.

‘연예인 특유의 소유욕이 발동된 모양이군. 내가 요즘 너무 여운이한테 신경을 못 썼나?’

민봉팔이 안절부절못하며 서 있다가 정호를 발견하고 반갑게 맞았다.

“왔어? 이쪽이야, 정호야.”

강여운은 콘셉트 하나의 촬영을 끝내고 다음 콘셉트를 준비하고 있었다.

정호가 강여운에게 다가갔다.

“여운아, 예능 촬영이라니 무슨 소리야?”

강여운이 메이크업을 받으며 말했다.

“왔네? 어쩐 일이야. 얼굴도 다 보여주시고?”

“미안, 미안. 내가 진짜 바빴다. 그래도 꼬박꼬박 매일 전화 통화 했잖아.”

정호가 정말 미안하다는 표정으로 말했지만 강여운의 마음은 쉽게 풀어지지 않았다.

"전화 통화면 다야? 됐어. 나 예능 출연할래. 허락해줘."

"왜 그러냐, 여운아? 우리 예능 안 하기로 했잖아. 너도 알겠다고 했고."

"마음이 바뀌었어."

강여운이 단호한 태도로 말했다.

하지만 워낙 귀여운 얼굴을 하고 있는 강여운이었기 때문에 그건 그저 어리광처럼 보일 뿐이었다.

'오랜만에 보니 더 귀엽네. 우리 여운이.'

정호는 속으로 이렇게 생각하며 웃었지만 표정만은 심각했다.

"진짜 할 거야?"

강여운은 한쪽 눈썹을 올리며 대답했다.

"한 가지 약속해주면 안 할 수도 있지."

"무슨 약속?"

"나도 오빠 걸 그룹에 넣어줘."

민봉팔은 머리가 지끈거리는지 이마를 부여잡았고 주 코디는 화장을 해주다가 풉, 하고 웃었다.

그러는 데에는 다 이유가 있었다.

강여운의 노래와 춤 실력이 정말 말 그래도 꽝이었기 때문이었다.

정호는 잠시 고민하는 척하다가 대답했다.

이제 이 깜찍한 아가씨를 골탕 먹일 차례였다.

"예능 출연해."

"응?"

이렇게 될 줄 몰랐는지 강여운이 당황한 표정을 지었다.

정호는 오히려 싱글싱글 웃으며 대답했다.

"예능 출연해서 노래랑 춤 실력을 어디 한번 뽐내 보라고."

그렇게 강여운의 첫 예능 출연이 결정됐다.

출연이 확정된 예능 프로그램은 '대시(Dash)맨'이었다.

상대방 등 뒤에 붙은 이름표를 뜯는 게임으로 유명한 프로그램이지만 이외에도 다양한 미션과 게임을 수행해야 했기 때문에 게스트가 개성을 뽐내기 좋았다.

특히 이번 촬영의 콘셉트가 강여운이 간절히 바라던 것과 일치했다.

"90년대를 풍미했던 가수들의 혼과 영혼이 살아 있는 이곳, 대시맨 복고 클럽에 오신 것을 환영합니다."

대시맨 담당 PD가 출연진에게 룰을 설명했다.

"세 명씩 팀을 짜서 각 스테이지별로 미션을 해결해야 하는 룰입니다. 준비된 스테이지는 다섯 개고요. 먼저 세 개의 스테이지를 해결하는 팀이 최종 미션에 유리한 힌트와 찬스를 얻게 될 예정입니다. 각 스테이지에는 90년대를 강타했던 노래와 춤을 마음껏 즐길 수 있는 미션들이 준비돼 있으니 즐거운 시간을 보내시길 바라겠습니다. 그럼 출발."

"오케이! 출발. 고고고!"

국민 MC 유재승의 힘찬 외침과 함께 본격적인 미션 수행이 시작됐다.

강여운과 함께 나온 게스트는 나르타라는 소속사에서 배출한 에잇 뮤지스의 영리였다.

도발적인 눈빛과 섹시하고 화끈한 시구로 인기를 얻은 스타였다.

민봉팔이 다소 불안해하며 정호에게 물었다.

"영리라면 춤도 잘 추고 노래도 잘하겠지?"

"노래는 모르겠지만 춤은 잘 추더라. 노래도 여운이보다는 잘하겠지."

"우리 여운이 어떡해……."

정호는 그런 민봉팔을 보며 웃었다.

"잘 될 거야. 걱정 마."

강개춘, 김정국과 한 팀인 영리는 빠르게 미션을 수행해 나갔다.

팀이 전부 가수였기 때문에 다른 팀보다 유리한 고지를 점령할 수 있었다.

이 과정에서 영리의 활약도 돋보였다.

특히 춤을 보고 외워서 따라 추는 미션을 순식간에 클리어하면서 감탄을 자아냈다.

다른 한 팀은 하동준, 송시효, 지석준으로 구성된 팀이었다.

이 팀은 빠르지는 않지만 성실하게 미션을 클리어했다.

문제는 마지막 팀에 있었다.

바로 유재승, 이광현, 강여운 팀이었다.

"아니, 여운아. 뭐하는 거야? 오른쪽이 아니라 왼쪽부터 스텝을 밟으라니깐. 왼쪽!"

영리가 완벽하게 클리어했던 춤을 따라 추는 미션에서 유재승이 폭발했다.

이광현은 강여운의 어정쩡한 움직임에 웃겨서 바닥을 구르는 중이었다.

"아니, 왼쪽이라고!"

같은 동작의 실수로 유재승이 또 소리를 질렀다.

그러자 강여운도 짜증이 났는지 맞대응을 했다.

"왼쪽이잖아요!"

강여운이 절규하듯 소리를 치자 다른 스태프들도 이광현처럼 자지러졌다.

그러길 수십 번, 웃겨서 몸을 가누지 못했던 이광현도 강여운에게 짜증을 부리기 시작했다.

"너 바보야? 왼쪽이 어딘지 몰라?"

유재승이 거들었다.

"재 몰라. 재는 진짜 몰라. 여운아, 내가 옆에서 같이 춰줄게. 그냥 날 따라해. 차라리."

유재승이 자신감 있게 나섰다.

그런데 어쩐 일인지 유재승도 강여운처럼 실수를 연발하고 있었다.

이광현이 폭발했다.

"아니, 형! 여운이를 가르쳐 줘야지. 여운이를 따라하면 어떡해요!"

그랬다.

유재승은 오히려 강여운의 페이스에 말려 강여운의 춤을 따라하고 있었다.

"아, 그냥 저를 따라 해요. 아주 바보가 두 명이야, 두 명."

이광현이 나섰다.

잠시 후 이광현도 두 사람을 따라서 춤을 추기 시작했다.

유재승과 강여운의 페이스에 말린 셈이었다.

바보는 그렇게 세 명이 됐다.

촬영 현장은 웃음바다였다.

매니지먼트의 제왕

20장. 성장

"수고하셨습니다!"

우여곡절 많았던 대시맨 촬영이 마무리됐다.

우승팀은 강개춘, 김정국, 영리 팀이었다.

하지만 대부분의 사람들은 강여운을 격려했다.

그건 강여운의 이름값이 영리보다 높아서가 아니었다.

그만큼 강여운의 활약이 대단했다는 뜻이었다.

"이번 촬영 대박이다. 여운아, 다음 촬영에도 꼭 나와라."

김정국이 다가와서 먼저 말을 걸었다.

"감사합니다, 오빠."

하동준과 이광현도 강여운에게 다가왔다.

"아만, 아만, 우리 여운이는 자메이카 스타일이야. 특히 춤이."

"형! 하지 마요. 여운이 또 짜증내요."

강여운은 짜증이 났지만 연기자 특유의 표정 관리로 아닌 척을 했다.

"아니에요. 제 춤이 반응이 좋아서 다행이네요."

유재승이 끼어들었다.

"재 봐봐. 가식 떠는 거. 아까 그렇게 짜증을 내더니."

송시효가 유재승을 말렸다.

"오빠, 그만해! 여운이 오늘 수고 많았다."

"감사합니다, 선배님."

촬영장 분위기는 촬영이 끝나고 나서도 화기애애했다.

오랫동안 대시맨 촬영을 했던 출연자들과 스태프들은 그만큼 이번 촬영이 아주 잘 뽑혔다는 것을 육감적으로 알고 있었다.

두 주 뒤.

예상대로 방송은 엄청난 파장을 일으켰다.

〈내 사랑 티라미수〉의 종방 이후 오랜만에 다시 강여운이 실시간 검색어를 점령했다.

[대시맨 방송 봤냐? 홍캐리 개웃겨ㅋㅋㅋㅋㅋㅋ]

[중독성 쩔어ㅋㅋㅋ 무슨 유재승이랑 이광현도 홍캐리를 따라하고 있냐ㅋㅋㅋ]

[저건 거의 홍캐리 꼭짓점 댄스 아니냐?ㅇㅇ]

['바보' 꼭짓점 댄스 실화임?ㅋㅋㅋㅋ]

[ㅋㅋㅋㅋ바보 꼭짓점 댄스ㅋㅋㅋㅋ현웃 터졌다ㅋㅋㅋㅋ]

대시맨에서의 활약은 홍단비의 실사 버전이랑 너무나도 유사했기 때문에 사람들은 더 크게 열광했다.

노래도 잘 부르고 춤도 잘 춘 영리의 얘기는 거의 댓글상에서 찾아볼 수 없었다.

오히려 노래도 못하고 춤도 못 춘 강여운에 대한 얘기만 쏟아져 내렸다.

'그럴 수밖에. 예능의 핵심은 친근한 이미지를 확보하는 것이니깐. 그냥 달기만 하거나, 짜기만 한 음식은 인기가 없다. 달고 짜고 신 음식이 인기가 많은 법. 이 기회로 여운이는 친근함이라는 새로운 맛을 획득한 셈이지.'

물론 그렇다고 해서 자주 예능에 출연해서는 좋지 않았다.

강여운은 배우였다.

'배우라면 역시 연기력이라는 맛이 가장 강해야 해.'

뿐만 아니라 홍단비라는 역할에서 벗어날 필요도 있었다.

어떤 작품을 맡아도 홍단비의 이미지가 드리운다면 연기자로서의 강여운은 지워지는 것이나 다름없었다.

'이 부분은 여운이랑 직접 상의하는 게 좋겠다. 여운이도 작품을 고르는 눈을 기를 필요가 있으니깐.'

정호는 온라인 반응을 살펴보던 노트북을 끄고 강여운이 있는 곳으로 향했다.

가던 길에 대화를 나누고 있는 정 실장과 민봉팔을 만났다.

"이야! 우리 진지파 매니저 이번에도 사고 하나 쳤네?"

"사고는 여운이가 친 거죠."

"무슨 소리야. 이번 예능 출연 네가 허락하고 기획했다며?"

"그게 제가 잘한 겁니까? 여운이가 잘한 거지."

"겸손한 척하기는."

정 실장이 빈정거리자 민봉팔이 끼어들었다.

"겸손한 척이 아니라 우리 정호는 겸손하죠."

"어쭈. 이게 또 선배가 아니라 친구 편을 들어?"

"편을 든 게 아니라 선배님이 오해를 하시니깐 그렇죠."

"이게 그래도?"

두 사람이 투닥거렸지만 정호는 두 사람의 생각을 알 수 있었다.

갑자기 들려온 알림이 두 사람이 생각을 대변해 주고 있었다.

띠링.

—신뢰 포인트를 90 획득했습니다.

—신뢰 포인트를 110 획득했습니다.

두 사람은 아마 정호를 칭찬해 주고 격려해 주고 싶었던 것이리라.

정호가 피식 웃었다.

이제 싸움을 말릴 때가 됐다.

"여운이 어디 있는지 아십니까?"

투닥거리던 정 실장과 민봉팔이 뚝, 멈춰 섰다.

정호가 정 실장을 쳐다보자 대답을 꺼려하는 눈치였다.

옆에서 민봉팔이 우울한 목소리로 대신 대답했다.

"저쪽 연습실에 혼자 있어."

정호는 무슨 상황인지 알 것 같았다.

'아무리 인기가 생겨도 사람들이 놀리는 건데 기분이 좋지만은 않겠지.'

정호가 강여운을 걱정하고 있을 민봉팔의 어깨를 두드리며 말했다.

"내가 가볼게. 걱정 마."

정호는 강여운이 있다는 연습실로 들어갔다.

연습실 불이 꺼져 있었다.

스산하고 우울한 분위기가 잔뜩 느껴졌다.

물론 정호 입장에서는 이런 분위기조차도 귀엽게 느껴졌다.

'아직 애야, 애.'

정호가 소리쳤다.

"여운아, 어딨니?!"

한쪽에서 부스럭거리는 소리가 들렸지만 대답이 들려오지는 않았다.

'자식. 제대로 땅 파고 있는 모양이네.'

정호가 연습실 불을 켰다.

쪼그리고 앉아 있던 강여운이 눈이 부시는지 눈살을 찌푸리며 손바닥으로 얼굴을 가렸다.

"여기 있었네. 우리 여운이."

정호가 반갑게 불렀지만 강여운은 반응이 없었다.

"오늘 반응 봤어?"

강여운이 작게 고개를 끄덕였다.

"너무 신경 쓰지 마. 너의 본업은 가수가 아니라 연기자잖아."

이번에는 차마 걸 그룹을 시켜 달라고 말할 수 없었는지 강여운은 입을 꾹 다물고 있었다.

정호는 강여운에게 다가가 몸을 일으켰다.

"영차."

몸을 일으키면서 확인해 보니 강여운이 소리 없이 뚝뚝 눈물을 흘리고 있었다.

정호는 왠지 마음이 짠해지는 기분이었다.

'내가 너무 했나?'

정호가 반성을 하고 있을 때 강여운이 입을 열었다.

"오빠…… 저 걸 그룹 하면 안 되겠죠?"

정호의 가슴이 다시 한 번 욱신거렸다.

"여운아……."

"오빠랑 같이 있고 싶었는데…… 그러고 싶었는데……."

정호는 강여운의 반응을 보면서 자신이 얼마나 소홀했었는지 확실히 깨달았다.

"미안하다. 내가 정말 너한테 많이 소홀했구나……."

강여운이 이번에도 말없이 눈물만 흘렸다.

정호는 그런 강여운을 보며 고민 끝에 입을 열었다.

"약속할게. 이제는 어떤 일이 있어도 네 문제를 최우선으로 두겠다고."

하지만 강여운은 도리도리 고개를 흔들었다.

그러더니 뭔가를 결심하듯 말했다.

"아니에요. 오빠도 매니저로서의 일이 있는 건데 오빠한테 저만 봐달라고 할 수 없죠. 대신 한 가지 약속 하나 해줘요."

"뭔데?"

강여운은 잠시 망설이다가 다시 입을 열었다.

"제가 지금보다 훌륭한 연기자가 되면…… 대한민국에서 손에 꼽히는…… 세계에서도 알아주는 그런 연기자가 되면…… 지금보다 나를 더 많이 들여다봐 주겠다고……."

정호는 이번 일로 강여운에게 소홀했던 점을 반성했기 때문에 앞으로 더 많이 강여운을 들여다볼 생각이었다.

하지만 강여운이 이렇게까지 부탁을 하는 상황이라면 조금 더 신경을 써주는 게 옳다는 생각이 들었다.

"그럴게. 네가 더 큰 스타가 될 때까지, 네가 더 큰 스타가 되고 나서도, 언제나 너를 가장 먼저 지켜볼게."

그제야 비로소 걱정을 털쳐낸 강여운이 희미한 미소를 지었다.

강여운의 첫 예능 출연기는 이렇게 끝을 맺었다.

◇ ◆ ◇

이제 마지막 조각에 대한 결론을 낼 때였다.

정호가 생각하고 있는 걸 그룹의 마지막 조각은 바로 하수아였다.

'강여운의 성공을 위해서 이번 시간에서 성공을 놓쳐야 했던 하수아다. 어느 정도 도움을 주는 것은 당연해.'

뿐만 아니라 하수아는 걸 그룹에 속하기에 충분한 자질이 있었다.

원래의 시간에서 홍단비 역을 맡았던 하수아는 〈내 사랑 티라미수〉에서 노래와 춤을 선보인 적이 있었다.

제빵 회사 회식 자리에서 혼자 취한 홍단비가 신이 나 난리를 피운다는 설정의 장면이었다.

강여운은 노래와 춤 실력이 좋지 못해서 말 그대로 난리를 피우는 데 그쳤지만 하수아는 달랐다.

의외의 실력을 겸비하고 있었다.

시청률의 대역전극을 위해 지푸라기라도 붙잡아야 했던 남 피디는 하수아의 이런 실력을 적극적으로 작품의 흥행 요소로 이용하자고 했다.

그리고 이 전략이 주효했다.

'홍캐리 흥댄스'와 '홍캐리 꿀성대'는 홍단비를 검색했을 때 어디에서든 빠지지 않는 연관검색어였다.

'나도 그때 무척이나 놀랐지. 우연히 홍단비라는 캐릭터를 만나서 연기자의 길을 걸었던 하수아지만 사실 가수 쪽이 더 적성에 맞았을지도 모른다.'

다양한 문제가 겹쳐서 벌어진 일이었지만 하수아는 결국 홍단비라는 캐릭터를 끝으로 연예계를 떠났다.

이번 시간에서도 마찬가지였다.

〈내 사랑 티라미수〉의 오디션 실패 이후 하수아는 투투와의 재계약에 실패한 상태였다.

'확실히 연기자는 하수아의 길이 아니었다. 그렇다고 가수가 하수아의 길인지는 따로 확인해봐야만 알 수 있는 문제지. 직접 하수아를 만나보자.'

하지만 정호는 바로 하수아를 만날 수 없었다.

그 전에 강여운, 민봉팔과 함께 새롭게 들어갈 작품의

감독을 만나야 했다.

강여운의 차기작은 영화로 결정됐다.

연기 변신을 위해서는 드라마보다는 영화 쪽이 낫다는 게 공통된 생각이었다.

확실히 강여운은 홍단비라는 캐릭터를 벗어나 새로운 이미지를 획득할 필요가 있었다.

'이번 스릴러 영화는 대박을 칠 거다. 꼭 잡아야 해.'

정호의 기억에 따르면 이번 영화 〈구두〉는 큰 성공을 거두는 작품이었다.

특히 주연 배우인 송강재의 명품 연기가 큰 화제를 일으켰다.

'아마 〈구두〉에 들어가게 되면 송강재의 연기에 거의 묻어가는 수준이겠지. 하지만 여운이는 여주인공 역할을 맡으면서 새로운 이미지를 획득할 수 있을 거다. 오히려 이쪽이 안전해.'

여주인공의 비중이 높은 다른 영화를 출연해 스포트라이트를 받을 수도 있었다.

미래를 아는 정호라면 충분히 가능한 일이었다.

하지만 그런 경우 강여운의 부담감이 너무 커졌다.

홍캐리라는 별명과 함께 국민적인 사랑을 받고 있었지만 강여운은 아직 신인 배우의 티를 벗지 못한 상태였다.

부담감이 커져서 고꾸라질 가능성도 배제할 수 없었다.

'강여운은 지금까지 내가 알고 있는 미래와 다른 삶을

살고 있다. 그런 만큼 모든 경우의 수를 배제할 수 없어.'

정호가 이런 생각에 빠져 있을 때 영화 〈구두〉의 감독인 유종태가 등장했다.

언제나 그랬듯이 민봉팔이 먼저 반응했다.

"감독님, 안녕하세요!"

"반가워요. 민 매니저."

유 감독은 민봉팔을 시작으로 정호와 강여운과도 인사를 나눴다.

네 사람은 초면이 아니었다.

이미 한 번 오디션 겸 미팅을 가진 적이 있는 상태였다.

"오늘은 정 실장이 안 나왔군요? 뭐…… 원래 의리라고는 없는 친구이니 이해해 줘야 하려나?"

언뜻 듣기에는 가시가 돋친 말이었지만 실상은 그렇지 않았다.

정 실장과 유 감독은 무명 시절부터 친분을 쌓은 절친 중에 절친이었다.

정호가 사람 좋은 미소를 띠며 나섰다.

"정 실장님께서 이미 감독님이 그런 말을 할 거라고 하시더군요."

"그래요? 그걸 알면 나올 것이지, 이 자식이…… 하지만 상관없죠. 능력 없는 정 실장보다야 제 앞에 두 매니저님과 강 배우님이 더 대단한 분들이니까요."

"과찬이십니다."

서론은 그렇게 끝을 맺었다.

이제 본론으로 넘어갈 차례였다.

유 감독이 입을 열었다.

"제가 이렇게 여러분들을 다시 부른 것은 강 배우님의 연기를 다시 확인하고 싶어서입니다. 그날은 즉흥적으로 대본을 받아서 연기했지만 오늘은 좀 다를 것 같아서요."

정호가 힐끔 확인한 강여운의 얼굴에는 비장함이 어려 있었다.

그럴 수밖에 없었다.

이전의 미팅에서 강여운은 유 감독으로부터 〈구두〉의 비공개 대본을 갑작스럽게 받아서 연기를 해야 했다.

결과는 썩 좋지 않았다.

연기력이 나쁜 건 아니었지만 매력적이지 않다는 느낌이었다.

결국 유 감독은 정 실장의 부탁에도 불구하고 다음을 기약한 뒤 자리를 떠났다.

강여운은 이 사실에 충격을 받아서 〈구두〉의 대본을 본격적으로 파고들었고 여주인공 역할을 완벽하게 파악한 상태였다.

'이제 보여줘라, 여운아. 네가 얼마나 대단한 배우인지를.'

강여운의 눈빛이 심상치 않았는지 유 감독의 흥미롭다는 표정을 지었다.

"자, 이번에도 역시 〈구두〉의 숨겨진 대본입니다. 강 배우의 연기를 기대하겠습니다."

낯선 대사가 담긴 대본이었지만 강여운의 반응은 이전과 달랐다.

자신감에 차 있었다.

"재밌겠네요. 어서 보여주세요."

강여운의 연기가 시작됐다.

그날 유 감독은 〈구두〉의 여주인공으로 강여운을 선택했다.

◇ ◆ ◇

미팅이 끝나고 정호와 민봉팔은 강여운을 집에 데려다줬다.

"오늘 수고했다. 여운아. 유 감독이 네 실력에 흠뻑 빠졌더라."

오랜만에 듣는 정호의 칭찬에 강여운이 싱글벙글 웃으며 대답했다.

"내가 누군데 당연한 거 아니에요?"

"네가 누군데?"

"나? 난 오정호가 키운 배우지."

두 사람의 얘기를 듣고 민봉팔이 끼어들었다.

"나는?"

"오빠는 뭐요?"

"나도 네 매니저잖아!"

"오빠가 언제 내 매니저였어요. 오정호 매니저였지."

강여운은 그렇게 대답하더니 메롱, 하고 혀를 쏙 내민 뒤 집 안으로 도망을 갔다.

"야, 강여운! 여운아!"

민봉팔이 소리를 질렀지만 굳게 닫힌 현관문으로부터는 대답이 돌아오지 않았다.

강여운이 사라지고 차 안에는 정호와 민봉팔, 두 사람만이 남았다.

운전을 하던 민봉팔이 정호에게 말을 걸었다.

"정호야. 그래도 요즘 여운이가 기분이 많이 좋아진 것 같다."

"그러냐?"

"응. 내가 달랠 때는 계속 울기만 하더니 너를 만나고 나서 완전 기운을 차린 모양이야."

조수석에 앉아 있던 정호는 고개를 돌려 민봉팔을 쳐다봤다.

다행히 민봉팔의 얼굴에서는 어떤 열등감의 기색도 엿보이지 않았다.

하지만 정호는 보이는 게 전부라고 생각하는 바보가 아니었다.

"여운이는 너한테도 많이 의지하고 있어. 내가 없을 때 이만큼 버틸 수 있었던 건 전부 네 덕분이잖아."

"그런가?"

"물론이지. 야, 봉팔아."

"응?"

"나는 너를 믿는다."

민봉팔은 감동을 받았는지 눈시울이 약간 붉어졌지만 애써 아닌 척을 했다.

대신 운전에 열중하는 척 말을 돌렸다.

"오늘 하수아를 만난다고?"

민봉팔은 하수아를 알고 있었다.

이번 걸 그룹을 준비하기 위해 구상을 하던 중 정호는 민봉팔에게 하수아의 프로필을 보여주며 하수아에 대한 의견을 구했다.

정호가 아는 하수아는 홍단비 역할을 맡았던 하수아뿐이었다.

그래서 아무것도 아닌 하수아가 낯선 사람들에게 어떤 인상으로 비춰지는지 궁금했다.

다행히 민봉팔은 첫인상이 좋고 생기발랄함이 엿보이는 얼굴이라고 대답했다.

정호가 민봉팔의 질문에 답했다.

"응, 오늘이야."

"잘하고 와. 너는 이번에도 무척이나 잘할 거야."

"고맙다."

"고맙긴. 사실인데."

이번에는 정호가 피곤한 척 하품을 하며 눈을 감았다.

그러고는 생각했다.

'이번 삶에서 누구보다 빠르게 성장하고 있는 것은 여운이가 아니라 너다. 꼭 멋지게 성장해라. 내가 지켜볼게.'

매니지먼트 제왕

21장. 재능을 찾아서

"도착했어, 정호야."

깜빡 잠이 든 정호는 민봉팔의 목소리에 깼다.

눈을 비비며 주변을 확인해 보니 회사의 지하 주차장이었다.

걱정이 묻어나는 목소리로 민봉팔이 물었다.

"너 요즘 너무 무리하는 거 아니야?"

"괜찮아. 차에서 한숨 자고 이동하면 괜찮아지겠지."

"그래. 그러는 게 좋겠다. 하수아를 어떻게 캐스팅할지 계획은 세워 놓은 거지?"

"일단 부딪혀 보려고. 어제야 비로소 하수아가 자주 다닌다는 학원을 알아냈어."

"잘 될 거야. 네가 하는 일인데 설마 안 되겠어?"

"잘됐으면 좋겠다. 그럼 내일 봐."

"응, 내일 봐."

정호는 지하 주차장에 세워 놓은 자신의 차로 갔다.

몸이 무거웠다.

강여운의 스케줄과 걸 그룹 일은 동시에 하는 게 쉽지만은 않았다.

'한 시간만 자고 일어나자. 이대로는 진짜 힘들겠어.'

정호는 운전석에 올라타 쓰러지듯 잠이 들었다.

두 시간 후.

정호가 잠에서 깼다.

'뭐야, 시간이 이렇게 지났나?'

정호는 서둘러 시동을 걸고 하수아가 다닌다는 송파구에 있는 연기 학원으로 향했다.

'아직 학원에 있겠지.'

하수아가 학원에 거의 하루 종일 머무르고 있다는 정보를 이미 입수한 정호였다.

'썩 대단한 솜씨는 아니라고 하던데…… 아직 연기자를 원하는 건가?'

하수아는 투투와의 계약이 끝난 이후에도 연기 공부를 꾸준히 하고 있었다.

들은 바에 따르면 성실한 건 물론이고 열정이 대단하다고 했다.

'쉽지 않을 수도 있어…….'

만약 연기자를 원한다면 하수아와의 계약은 쉽지 않았다.

정호가 원하는 하수아는 걸 그룹 멤버인 하수아였다.

연기를 하는 하수아는 안타깝게도 청월에 데려올 명분이 없었다.

아직 정호의 위치는 그 정도였다.

'아직 연기자를 꿈꾸고 있다면 아는 소속사에 연결해주는 식으로 도움을 주어야겠다. 더 해줄 수 있는 게 있다면 좋겠지만 책임질 수 없으면서 누군가의 인생에 함부로 끼어드는 것도 민폐다.'

생각을 정리하는 동안 어느새 차는 목적지에 도달했다.

'커피를 사가지고 가자. 자연스러운 대화를 위해서.'

정호는 차를 주차하고 학원 근처 카페로 들어갔다.

카페 안은 꽤나 북적였다.

'어……?'

정호가 카페 안은 별생각 둘러보는데 아는 얼굴이 보였다.

그것도 아는 얼굴이 둘이나 됐다.

바로 하수아와 이전 하수아의 매니저였다.

'저 매니저 이름이 뭐였더라…… 아! 김대철! 근데 왜 저 사람이 여기 있는 거지? 하수아는 투투랑 계약이 끝났는데…….'

정호는 자신도 모르게 호기심에 이끌려 두 사람에게 다가갔다.

하수아는 뭔가를 작성하고 있었다.

"수아야, 잘 생각했어. 투투만큼은 아니지만 내가 이번에 세운 로드 차일드는 진짜 견실한 기획사야. 너는 우리 회사의 메인 배우로 자리매김할 거고."

정호는 여전히 입이 가벼운 김대철의 말을 듣고 상황을 파악했다.

'로드 차일드! 로드 차일드라면 김대철이 연예인들을 스폰서와 연결시키기 위해 만든 법인이다! 이번 생에서도 로드 차일드를 만드는구나, 김대철!'

정호는 당장 가서 하수아가 사인을 하지 못하게 하려다가 멈춰 섰다.

'지금 막아서 어쩌려고? 시간을 되돌리자. 그게 사태를 반전시킬 유일한 방법이다.'

정호의 바람이 하늘에 닿았는지 목소리가 들려왔다.

—시간을 결제하시겠습니까?

—결제가 완료되었습니다. 당신이 원하는 시간을 얻습니다.

[결제한 포인트 : 150 / 남은 포인트 : 1720]

두 시간 반 전으로 돌아온 정호는 민봉팔이 목소리를 들으며 정신을 차렸다.

"그래. 그러는 게 좋겠다. 하수아를 어떻게 캐스팅할지 계획은 세워 놓은 거지?"

정호가 민봉팔을 바라보며 대답했다.

"물론이지. 완벽하게 세워 놨다."

"오! 역시 스타 매니저 오정호인가?"

"됐고. 내일 보자. 난 먼저 움직일게."

"응? 차에서 한숨 잔다며?"

"아니, 생각이 바뀌었어. 급하게 움직여야 할 것 같아. 나 먼저 간다!"

정호가 서둘러 차에서 내렸고 민봉팔의 그런 정호의 뒷모습을 보며 중얼거렸다.

"저러다 쓰러지는 거 아닌가 몰라."

정호는 서둘러 차를 타고 움직였다.

피곤해서 그런지 몸이 무거웠지만 어쩔 수 없었다.

'조금만 참자. 조금만.'

송파구의 연기 학원에 도착하자마자 정호는 카페부터 확인했다.

김대철은 물론 하수아도 없었다.

'두 사람은 아직 만나기 전인가? 연기 학원으로 가보자.'

학원은 3층이었다.

엘리베이터에서 내린 정호는 연기 학원의 연습실을 들여다봤다.

유리문으로 되어 있었기 때문에 내부를 확인하는 것은 어렵지 않았다.

'여긴 아니고…… 여기도 없다…… 그리고 여긴…… 있다!'

하수아를 발견한 정호가 벌컥 문을 열고 들어갔다.

"안녕하세요, 하수아 씨!"

하지만 연습실에는 하수아만 있는 게 아니었다.

하수아와 같이 수업을 받는 열댓 명의 학생들부터, 학생들을 가르치는 트레이너까지 모두가 연습실 안에 있었다.

정적과 함께 연습실 안 모든 사람들의 시선이 정호에게 쏠렸다.

잠시 후 학원의 주인으로 보이는 연기 트레이너가 정호에게 물었다.

"누구……?"

피곤함 때문에 판단력이 흐려졌던 정호가 뒤늦게 상황을 깨닫고 대답했다.

"이런 마음이 급했군요. 죄송합니다. 수업이 끝나면 다시 오겠습니다."

정호가 사과를 하며 나가려고 하는데 학생들 중 누군가가 정호를 알아봤다.

"어? 저 사람 홍캐리 매니저 아니야?"

벌컥 문을 열고 들어온 이 상황보다 누군가가 자신을 알아본다는 사실이 더 부끄러운 정호였다.

정호는 얼굴을 가리며 연습실 밖으로 나가려고 했다.

그때 연기 트레이너도 그 학생의 얘길 들었는지 정호를 붙잡았다.

"잠깐만요, 매니저님."

30분 후.

정호는 학생들 앞에 서 있었다.

"어…… 그렇게 해서 강여운 씨가 홍단비 역을 따낼 수 있게 된 겁니다."

연기 트레이너의 요청이었다.

연기자를 지망하는 학생들에게 홍캐리 신화에 대해서 얘길 해달라는 부탁이었다.

정호는 당연히 거절하려고 했다.

하지만 학생들의 간곡한 표정을 보니 거절하기가 어려웠다.

무엇보다 원래라면 홍단비 역을 맡아야 했던 하수아가 강력하게 부탁하는 모습을 보니 미안해서 거절할 수 없었다.

결국 정호는 홍단비 역을 맡아야 했던 하수아에게 홍캐리 신화를 들려주는 아이러니한 상황에 놓였다.

하수아는 그런 정호의 얘기를 고개까지 끄덕이며 열정적으로 듣고 있었다.

◇ ◆ ◇

고통스러웠던 강의 시간이 끝나고 정호와 하수아는 카페에 마주 앉아 있었다.

"정말 저를 찾아오신 거예요?"

"네, 그렇습니다."

정호가 믿음을 주는 단호한 어조로 대답했다.

하지만 그런 정호가 이해가 되지 않는다는 반응의 하수아였다.

"오 매니저님 같은 분이 어째서 저를……?"

"매니저가 연예인이 아닌 사람을 찾는 건 단 한 가지 이유밖에 없죠. 그 사람을 연예인을 만들고 싶기 때문입니다."

이번에도 하수아는 믿지 않았다.

"저를요?"

"왜요? 믿기지 않으십니까?"

하수아가 솔직하게 털어놓았다.

"사실은 조금 믿을 수가 없네요…… 전 얼마 전에 투투에서도 쫓겨난 사람이니까요……."

"그건 하수아 씨의 잘못이 아닙니다. 투투가 하수아 씨를 잘못 본 거죠. 저는 하수아 씨에게 대단한 재능이 있다고 생각합니다."

"그런가요?"

"그렇습니다. 다만 한 가지 여쭤보고 싶은 게 있군요. 하수아 씨는 어째서 연기를 하십니까?"

"그나마 잘하는 게 연기라서요……."

"반드시 연기자가 되고 싶은 겁니까? 만약 하수아 씨에게 사실은 다른 재능이 있다면 어떻게 하실 겁니까?"

정호의 갑작스러운 질문에 하수아는 다소 혼란스러워하는 것 같았다.

하지만 뭔가를 결심한 사람처럼 하수아가 입을 열었다.

"꼭……."

하지만 하수아의 얘길 가로막는 사람이 있었다.

"수아야!"

김대철이었다.

◇ ◆ ◇

"수아야, 벌써 나와 있었던 거야? 약속 시간보다 한 시간이나 일찍 나왔네?"

김대철이 하수아 앞으로 와 호들갑을 떨었다.

정호가 보이지 않는 사람 같았다.

하수아가 당황했다.

"아뇨, 대철 오빠. 그게 아니라……."

하수아가 애써 변명을 하고 있을 때 김대철이 슬쩍 정호를 쳐다봤다.

'날 알고 있구나, 김대철.'

정호는 김대철의 시선에서 어렵지 않게 이 사실을 파악할 수 있었다.

김대철은 금세 시선을 하수아에게 돌리며 하수아의 말을 끊었다.

그러고는 하수아의 팔을 잡아끌었다.

"이분이랑 잠깐 얘기를……."

"일찍 나왔으면 연락을 하지. 자, 가자. 아직 저녁 식사 전이지?"

정호는 김대철의 수작이 뭔지 뻔히 느껴져서 피식 웃었다.

'분위기를 어수선하게 만들어서 상황을 주도하겠다는 거군. 이대로 하수아를 데리고 나가도 좋지만 그러지 못하더라도 기 싸움에서 나를 압도하겠다는 뜻이다. 나를 그림자 취급함으로써.'

물론 이런 얕은 수에 넘어갈 정호가 아니었다.

정호는 바로 자리에서 일어났다.

"안녕하세요. 청월 엔터테인먼트의 오정호라고 합니다. 투투의 김대철 씨죠? 반갑습니다."

정호가 손을 내밀었지만 김대철은 고깝다는 듯 정호를

위아래로 훑어볼 뿐이었다.

그러더니 잠시 후 떨떠름하다는 티를 잔뜩 내며 대답했다.

"네. 뭐, 안녕하세요."

물론 김대철이 정호의 손을 맞잡는 일은 없었다.

이미 이런 상황을 예상했기에 정호는 자연스럽게 손을 내리며 말했다.

"하수아 씨는 저랑 얘기를 나누고 있었습니다. 오래전부터 제가 하수아 씨를 저희 회사로 데려오고 싶었거든요."

정호가 생각보다 직설적으로 나오자 김대철은 당황했다.

"예. 뭐, 그러세요? 근데 수아는 저랑 선약이 있었거든요……."

"그 선약은 한 시간 후라고 방금 들은 거 같은데요?"

"그, 그렇긴 하지만 미리 만날 수 있으면 그렇게 하기로 했거든요? 그, 그치 수아야?"

"네, 네?"

"자, 어서 바, 밥 먹으러 가자. 이 근처에 맛있는 다, 닭갈비집이 있어."

김대철이 다시 한 번 하수아의 팔을 잡아끌었지만 하수아를 데리고 나갈 수 없었다.

정호가 김대철의 팔을 잡아 하수아에게서 손을 떼도록 만들었다.

"말씀드렸지만 하수아 씨는 저랑 대화를 나누는 중이었습니다. 식사는 한 시간 후에 하시죠."

김대철은 정호의 완력에 놀랐는지 말도 못한 채 버벅거렸다.

정호는 꼴사납게 구는 김대철을 두고 하수아에게 물었다.

"아까 대답을 끝까지 못 들은 거 같은데…… 하수아 씨가 원하는 건 진정 연기자입니까?"

하수아는 지금의 상황에 적응하지 못한 듯 정신이 없어 보였다.

그래도 대답을 못 할 정도는 아니었는지 하수가 입을 열었다.

"아, 아. 그건…… 꼭 연기자를 원하는 건 아니에요. 제가 연기자를 꿈꾼 건 대철 오빠가 연기에 재능이 있다고 해서……."

"마, 맞아! 수아야, 넌 꼭 좋은 연기자가 될 거야!"

김대철이 기회를 잡았다는 듯 목소리를 높이며 끼어들었다.

하지만 정호가 그런 김대철에게 비수와 같은 질문을 날렸다.

"그렇다면 어째서 하수아 씨를 투투에서 내쫓은 겁니까?"

"그, 그건……."

김대철이 다시 버벅거렸다.

말은 많으나 실속이 없는 전형적인 타입이었다.

'게다가 이곳에 온 의도도 좋지 않으니 이런 반응을 보일 수밖에.'

정호는 그런 김대철을 그냥 둔 채 하수아를 똑바로 바라보며 말했다.

"저랑 계약하시죠. 하수아 씨는 연기가 아니라 노래와 춤에 재능이 있습니다. 제가 그걸 증명해 보이겠습니다."

매니지먼트의 제왕

22장. 최고의 알을 낳는 진흙 속의 닭

다음 날.

하수아는 청월에서 테스트를 받았다.

저번과 같은 인원들이 들어와 하수아의 실력을 확인했다.

평가는 후했다.

모두가 목소리를 높여 하수아에게 가수로서의 재능이 있음을 인정했다.

'역시 내 기억은 틀리지 않았어.'

정호는 이렇게 생각했지만 사실 어느 정도 도박성이 있는 대처였음을 인정할 수밖에 없었다.

하수아가 가수로서의 재능이 있다는 사실을 확실히 확인하지 못한 생태였으니깐.

하지만 김대철로 인해 하수아가 고통받게 되는 것을 두고 볼 수가 없었다.

'재능이 없었다면 다른 소속사로 소개를 해줄 수도 있는 일이었다. 내 판단은 틀리지 않았어.'

하수아가 들뜬 얼굴로 계약서에 사인을 했다.

정호는 그런 하수아를 보며 몰래 고개를 끄덕였다.

이제 밝은 미래가 하수아에게 펼쳐질 예정이었다.

몰래 고개를 끄덕이는 사람은 정호뿐이 아니었다.

정 실장도 고개를 끄덕이고 있었다.

'결국 걸 그룹 멤버를 모두 모았구나.'

하수아의 계약 처리가 끝나자마자 정 실장은 윤 부장을 찾았다.

"멤버를 다 모았다고? 빠르군."

"정호 녀석이 꽤 일을 잘하는 거 같네요."

"그건 자네가 보기에도 괜찮은 사람을 모았다는 뜻인가?"

정 실장은 대답 대신 고개를 끄덕였다.

"재밌군. 그럼 계속 지켜보게."

"이대로 일을 진행시킬 생각이십니까? 멤버의 절반이 연기자 지망생인데요?"

"괜찮은 애들이라며?"

"그야 그렇지만……."

"저번에도 말했지만 나는 궁금하네. 날개가 달아주면 새가 될 친구인지, 추락할 친구인지. 그래, 지금까지 지켜본 자네가 어떤가? 오정호, 그 친구가 성공할 것 같은가?"

정 실장은 잠시 생각하더니 대답했다.

평소 활발한 정 실장답지 않은 표정이었다.

"잘 모르겠습니다. 걸 그룹 육성은 난이도가 높고 변수도 많으니까요."

"그러니까 자네가 지금처럼 그렇게 신중한 태도를 보이는 거겠지."

의자에 앉아 있던 윤 부장이 자리에서 일어나 창 쪽으로 걸어갔다.

"예전에 오정호처럼 아주 웃기고 건방진 친구가 하나 있었지. 근데 그 녀석이 매번 사고를 칠 때마다 놀라운 일이 벌어지는 거야. 그때는 오로지 대박, 대박, 대박의 행진이었어. 나는 그 친구가 무모하다고 생각했지만 그 친구는 아니었네. 그 친구는 무모함을 도전 정신을 바꾸는 연금술사였던 거지. 그렇지 않은가, 정 실장?"

그제야 정 실장은 뭔가를 깨달은 표정을 지었다.

'지금껏 오정호를 이렇게까지 밀어주는 것이 이상하다는 생각을 했는데 그게 저 때문이었습니까, 부장님?'

정 실장은 지난날을 돌이켰다.

그리고 최근 자신이 실패를 할까봐 겁에 질려 제대로 된 도전을 하지 않았다는 사실을 알 수 있었다.

'단 한 번의 실수가 나를 이렇게 만들어 버린 건가…….'

정 실장이 그렇게 생각에 빠져 있을 때 윤 부장은 창밖을 바라보며 씨익 웃었다.

'그래. 다시 큰 물건이 되어라, 정 실장.'

윤 부장이 말했다.

"오정호가 하는 대로 놔두게, 정 실장. 조금 더 지켜보자고."

1년 6개월 후.

청월 엔터테인먼트의 연습실.

네 명의 소녀가 정호의 앞에 서 있었다.

"너희들의 데뷔 날짜가 정해졌다."

소녀들의 시선이 일제히 정호를 향했다.

네 명의 소녀는 신유나, 유미지, 오서연, 하수아였다.

◇ ◆ ◇

정호는 홍대에 있는 어느 반지하 작업실을 찾았다.

"커피와 과일 대령했습니다!"

정호의 목소리가 쩌렁쩌렁하게 작업실에 울리자 한 남자가 버선발로 뛰쳐나왔다.

"아이고, 과장님! 또 무슨 이런 걸 다……."

커피와 과일을 받아든 남자의 이름은 한유현이었다.

한유현은 정호가 얼마 전에 이 작업실로 데려온 작곡가였다.

"유현 씨를 만나러 오는데 제가 어떻게 빈손으로 오겠습니까?"

한유현은 깊이 고개를 숙인 채 감격에 젖은 목소리로 말했다.

"노숙자들 사이에서 저를 이곳으로 데려온 은혜도 과장님께 전부 갚지 못했는데 매번 이렇게……."

4개월 전의 일이었다.

그사이 몇 가지 실적을 인정받아 과장으로 승진한 정호는 곡을 구하는 데 큰 어려움을 겪고 있었다.

듣고 있던 이어폰을 귀에서 뽑으며 정호가 생각했다.

'이게 아니야. 진짜 좋은 곡은 이런 노래가 아니야.'

정호의 옆에서 곡 고르는 걸 도와주고 있던 민봉팔이 물었다.

"왜 그래, 정호야? 마음에 드는 노래가 없어."

정호가 대답 대신 고개를 끄덕였다.

정호는 성공의 반열에 오른 곡들을 거의 대부분 기억했다.

하지만 그런 곡들이 꼭 정호의 걸 그룹에서도 먹힐 거라고는 확신할 수 없었다.

걸 그룹 대란의 시대에서 곡보다는 마케팅이 중요했다.

'그래도 곡의 영향력을 완전히 무시할 수는 없다. 강형석, 백시혁, 장영진, 쌍문동호랭이, 기분좋은형제…… 이런 작곡가들의 곡은 성공 확률을 확실히 높여 주니깐.'

다만 문제는 이런 작곡가들의 곡도 실패를 겪는다는 사실이었다.

뛰어난 곡과 뛰어난 마케팅이 만나야 했다.

'우선 곡이다. 뛰어난 곡을 찾아야 해. 하지만 내가 듣고 있는 노래 중에는 그런 노래는 없다.'

정호의 걸 그룹은 시간이 지나면서 점차 청월에서 인정을 받고 있었다.

신유나, 유미지, 오서연, 하수아가 무서운 성장세를 보였고 윤 부장과 정 실장이 적극적으로 정호를 밀어줬다.

특히 정 실장의 활발한 움직임이 정호에게 힘을 실어줬다.

'아마 윤 부장님이 또 무슨 수를 쓴 거겠지. 매너리즘에 빠져 있던 정 실장님을 이전의 시간에서도 독특한 방식으로 구해냈었으니깐. 당시에도 이맘때쯤 정 실장님의 업무 효율이 높아졌지.'

정 실장은 최고의 작곡가들에게 곡을 받아서 정호에게 가져다줬다.

정호도 가만히 있는 것은 아니었지만 정 실장이 워낙 빠르고 부지런하게 움직이다 보니 별로 할 일이 없었다.

덕분에 정호의 스마트폰에는 유명 작곡가의 곡들이 종류별로 수십 곡이나 쌓여 있었다.

'근데 없다. 마음에 드는 곡이 없어.'

민봉팔이 구시렁거렸다.

"정 실장님이 실수를 한 건 아닐까? 이 사람 요즘 너무 열심히 해서 무섭다니깐? 너무 열심히 해서 피로가 쌓인 게 분명해."

"아니야. 정 실장님은 나름대로 잘 골라왔어."

"그래? 근데 어째서 정호, 네 마음에 드는 곡이 없지?"

정 실장이 가져온 곡 중에는 간혹 성공의 반열에 올랐던 곡도 있었지만 정호의 기준은 생각보다 더 까다로웠다.

오랜 경험으로 곡이 좋아서 성공한 경우와 마케팅이 좋아서 성공한 경우를 구분할 수 있었기 때문에 정호는 까다로울 수밖에 없었다.

'이 곡들 중에서 곡이 좋아서 성공한 경우는 확실히 없다. 신인 걸 그룹을 이런 곡으로 데뷔시키는 건 도박에 불과해…… 최고의 곡과 최선의 마케팅으로 성공 확률을 높여야 한다…… 무슨 좋은 방법이 없을까……?'

그러다가 문득 정호의 머릿속에 하나의 이름이 떠올랐다.

"한유현!"

넘치는 목욕탕 물을 보고 "유레카!"를 외쳤던 아르키메데스처럼 정호가 그렇게 하나의 이름을 외치며 밖으로 뛰어나갔다.

민봉팔은 그런 정호를 어리둥절한 얼굴로 바라보다가 뒤늦게 외쳤다.

"정호야, 어디 가?"

정호가 기억하는 한유현은 천재 중에 천재였다.

손만 댔다 하면 히트곡이 쏟아져 나왔다.

특히 음악 팬들 사이에서는 '한유현 타이틀곡의 법칙'이 '피타고라스의 정리' 만큼의 신뢰도를 가졌다.

한유현 타이틀곡의 법칙은 한유현이 타이틀곡으로 쓴 곡은 무조건 대박을 친다는 가상의 법칙이었다.

'한유현…… 이번에는 데려올 수 있을까……?'

한유현은 정호도 탐내는 인재였다.

청월의 대표가 되고 나서 가장 먼저 데려오고 싶었던 사람 중에 하나로 한유현의 이름을 올릴 정도였다.

하지만 한유현은 청월로 오지 않았다.

'충성도가 무척이나 높았어.'

지방 대학의 실용음악과를 나와 가요계에 몇 번이나 노크했지만 실패만 겪다가 노숙자가 된 한유현이었다.

그런 한유현은 노숙자 시절에 우연히 만나 자신을 이끌어줬던 제미제라 뮤직의 대표에게 평생을 헌신했다.

'만약 한유현이 요절하지 않았다면 제미제라 뮤직은 청월보다 더 큰 회사가 됐을지도 모른다.'

한유현에게는 충분히 그럴 만한 능력이 있었다.

'슬로우 브리즈' 라는 무명의 걸 그룹을 곡 하나로 스타를 만든 일화는 아직도 정호의 머릿속에서 잊히지 않을 정도였다.

'한유현을 찾는다. 제미제라 뮤직의 대표보다 먼저 한유현을 찾고 말겠어!'

그렇게 정호는 일주일간 서울역의 노숙자들 사이를 헤집고 다녔다.

간혹 목숨을 위협을 느낀 적도 많았지만 이번만큼은 반드시 한유현을 영입하겠다는 의지를 가지고 정호는 분주히 뛰어다녔다.

얼마 뒤 정호는 한유현을 영입하는 데 성공했다.

어느 편의점이 있는 골목에서 우연히 발견한 한유현을 매일같이 찾아가 설득한 끝에 얻어낸 성과였다.

정호는 자비를 털어 홍대의 작업실을 빌렸고, 한유현이 그곳에서 생활할 수 있게 배려했다.

그렇게 한유현 신화가 조금씩 그 모습을 드러내고 있었다.

◇ ◆ ◇

커피와 과일을 앞에 두고 한유현이 감상에 젖은 눈을 한 채 말했다.

"과장님이 제 앞에 나타났을 때는 놀랐습니다. 멋지게 양복을 차려입은 사람에게서 저희와 같은 냄새가 났으니까요."

커피와 과일은 한유현이 가장 좋아하는 음식이었다.

커피와 과일을 먹을 때 마음이 안정되고 곡이 가장 잘 나온다는 인터뷰를 언젠가 읽은 기억이 정호에게 남아 있었다.

이런 작은 인터뷰 내용이 기억날 만큼 정호는 한유현의 영입을 무척이나 꿈꿔왔다.

정호는 자신의 몫으로 놓인 커피를 마신 뒤 대답했다.

"저희와 같은 냄새라뇨. 한유현 씨는 더 이상 노숙자가 아닙니다. 그리고 노숙자들도 엄연히 한 명의 사람이죠."

한유현이 환하게 웃으며 정호의 말에 대답했다.

"맞습니다. 안타깝게도 다른 사람들은 그걸 모르지만요."

정호가 대답 없이 미소로 한유현의 말에 화답했다.

그러고는 속으로 생각했다.

'그렇기 때문에 이번에는 당신을 데려올 수 있었겠죠. 사람들은 한유현이라는 보석이 거기에 있을 거라고는 도무지 생각할 수 없었을 테니깐.'

그렇게 생각에 빠져 있을 때 한유현이 입을 열었다.

"아! 이번에 새로 쓴 곡이 나왔는데 한번 들어보시겠습니까?"

홍대의 작업실에 들어온 이후 한유현은 많은 곡을 썼다.

하지만 너무 오래 쉰 탓인지 정호의 마음에 들 만한 결과물은 바로 나오지 않았다.

그래도 정호는 포기하지 않았다.

비유하자면 한유현은 최고의 알을 낳을 수 있는 유일한 닭이었다.

"물론입니다. 이번에는 어떤 곡이 나왔을지 기대되는군요."

한유현의 몇 가지 조작을 하자 앰프에서 노래가 흘러나오기 시작했다.

전주가 흘러나오자마자 정호는 속으로 소리를 질렀다.

'유레카!'

23장. 호명의 중요성?

“소녀들의 발랄한 데이트 준비 과정이 연상되는 기분이군요…… 감히 제가 이 노래에 제목을 붙인다면…… 〈테니스 스커트〉가 좋겠어요.”

정호가 조심스럽게 말을 꺼내며 한유현을 살펴봤다.

한유현이 인상을 찌푸리고 있었다.

말실수를 한 줄 알고 정호가 당황해하며 물었다.

“아…… 제가 좀 주제넘었나요?”

“그런 게 아닙니다. 뭔가가 떠오를 것 같아서요.”

정호의 얼굴이 밝아졌다.

작전이 성공한 모양이었다.

‘그렇겠지. 예전에도 이 노래의 제목이 〈테니스 스커트〉

였으니깐.'

정호는 한유현이 들려준 곡을 기억하고 있었다.

이 곡은 '슬로우 브리즈' 라는 무명의 걸 그룹을 일약 스타덤에 오르게 한 그 명곡이었다.

"그거 잘됐군요. 그럼 방해는 그만두고 가보겠습니다."

정호가 홍대의 연습실을 떠났다.

떠나며 흘끗 뒤를 돌아보니 한유현이 무서운 속도로 뭔가를 적어 내려가고 있었다.

다음 날, 이른 아침.

정호는 하나의 파일을 받아볼 수 있었다.

그건 가사까지 완벽하게 붙인 〈테니스 스커트〉의 원본 음악 파일이었다.

정호가 서둘러 이어폰을 끼고 곡을 확인했다.

'이거다! 이제 곡은 완벽하게 준비됐어!'

정호는 한유현에게 전화를 걸었다.

한유현은 잠에서 방금 깬 듯한 목소리로 전화를 받았다.

"주무시고 계셨습니까?"

"아니요. 이제 일어나려고 했습니다. 곡은 들어보셨나요?"

"네, 방금 들었습니다! 엄청난 물건이더군요! 가사도 제가 떠올린 느낌이 그대로 표현되었습니다!"

"과장님의 얘기가 좋은 아이디어가 됐습니다. 제목도 과장님이 말씀해주신 대로 〈테니스 스커트〉로 짓고 싶네요."

"그렇게 얘기해 주신다니 감사할 따름입니다."

"아니요. 이런 아이디어를 주셔서 제가 더 감사하죠."

한유현은 정말 정호에게 감사하고 있었다.

언제 들어도 반가운 목소리가 이 사실을 증명해주고 있었다.

띠링.

—신뢰 포인트를 60 획득했습니다.

그 뒤로도 두 사람은 조금 더 대화를 나눴다.

밤새 작업을 하느라 잠을 거의 자지 못한 한유현을 배려하여 정호가 전화를 끊을 때까지.

◇ ◆ ◇

그날 오후 정호는 사무실로 들어가 안무가에게 〈테니스 스커트〉를 들려줬다.

저녁에 중요한 일정이 있었기 때문에 바쁘게 움직일 필요가 있었다.

"굉장히 좋은 노래네요. 이 주 안에 안무를 만들어 보이겠습니다."

정호가 상대하고 있는 안무가의 이름은 곽형철이었다.

정 실장이 타임뮤직스라는 소속사에서 심혈을 기울여 데려온 명성 높은 안무가였다.

'타임뮤직스의 보석이라고 불렸던 사람이지.'

곽형철은 정호가 대표이던 시절까지 함께했을 정도로 실력이 좋은 안무가였다.

"그럼 부탁드리겠습니다."

"걱정 마세요."

정호가 부탁하자 곽형철이 미소를 지으며 화답했다.

'믿을 만한 사람에게 안무를 맡긴 만큼 이제 걱정은 없다.'

그렇게 정호가 곽형철에게 좋은 안무를 부탁하고 있을 때 전화가 걸려왔다.

민봉팔이었다.

"정호야. 오늘 흑상예술대상 시상식 있는 거 알지?"

"걱정 마. 안 까먹고 갈 테니깐."

그동안 많은 일이 있었다.

그중에서도 기억에 남을 만한 것은 강여운에 관한 일이었다.

먼저 연기 변신을 위해 출연을 감행했던 〈구두〉가 대흥행을 했다.

유 감독의 연출력과 송강재의 연기력이 시너지를 일으켰다는 평가를 받으며 〈구두〉는 대한민국 영화계의 뜨거운

감자로 떠올랐다.

역대 7위에 해당되는 관객 기록을 세웠음은 물론이고 작년 흑상예술대상에서 영화 부분의 거의 모든 상을 석권했다.

송강재는 영화 남자최우수연기상을 받았고, 유 감독은 영화 감독상을 받았다.

영화 대상이나 영화 작품상은 아쉽게 놓쳤지만 강여운이 영화 여자신인상을 받으며 연기 변신의 성공을 인정받을 수 있었다.

"……끝으로 저를 언제나 아껴주고 이끌어줬던 정호 오빠, 정 실장님 감사합니다. 아…… 그리고 누구지? 맞아! 봉팔이 오빠도 감사해요."

강여운의 영화 여자신인상 수상 소감을 듣고 민봉팔이 삐지고 말았지만 이건 분명 경사스러운 일이었다.

하지만 경사는 여기서 끝난 것이 아니었다.

다른 한쪽인 TV 부분에서 〈내 사랑 티라미수〉가 활약을 했다.

초반에 비난이 거셌던 탓인지 작품 자체는 높은 평가를 받지 못했다.

그저 채 작가가 TV 극본상을 받으며 작품성을 인정받은 정도였다.

그렇다고 홍캐리의 신화가 잊힌 것은 아니었다.

강여운은 이날 TV 여자최우수상의 영예를 안으며 다시 한 번 홍캐리의 신화를 이어 나갔다.

결국 영화 여자신인상과 TV 여자최우수상을 받은 강여운이 실질적인 이날의 주인공이었다.

"……봉팔 오빠. 이번에는 오빠 이름을 가장 먼저 말할게요. 그러니깐 삐지지 마요……."

강여운의 TV 여자최우수상 수상 수감을 듣고 민봉팔이 기뻐하면서 그날은 모두에게 좋은 기억으로 남을 수 있었다.

기억만 좋게 남은 게 아니었다.

이날의 일로 정호와 민봉팔은 다음 인사 평가 때 나란히 과장으로 승진했다.

"이번에는 늦으면 안 돼. 작년에 정호, 네가 늦어서 분위기가 얼마나 살벌했는지 알지?"

"알았어. 이번에는 안 늦을게."

곽형철과 생각보다 오랜 시간 안무에 대한 이야기를 나눴지만 다행히 정호는 늦지 않았다.

강여운의 대기실로 들어가자 강여운은 의상과 메이크업을 끝낸 채 방 안을 서성이고 있었다.

"정호 오빠!"

정호를 가장 먼저 발견한 강여운이 와락 안겨왔다.

민봉팔이 옆에서 핀잔을 날렸다.

"여운아, 누가 보면 몇 년 못 본 사이인 줄 알겠다. 어제도

봤잖아. 나한테 정호 좋아한다고 그렇게 뭐라고 하더니, 참…….”

강여운도 민망했는지 포옹을 풀며 헛기침을 했다.

“크흠, 크흠. 음…… 목이 칼칼하네. 봉팔 오빠. 내 마스크 준비했죠?”

“마스크? 마스크는 왜?”

“지금 미세 먼지가 이렇게 심한데 마스크를 준비 안 했다고요?”

“아니. 너 드레스 입고 마스크를 쓸 생각인 거야?”

“그럴 건데요? 왜요? 사오기 싫어요?”

“아니…… 너 영화 여자최우수상 후보잖아…… 예쁘게 보여야지…….”

강여운은 〈구두〉의 다음 작품으로 영화를 선택했다.

본래는 드라마를 하려고 했지만 유 감독이 강여운에게 적극적인 구애를 보냈다.

〈과장을 모르는 담백한 딸〉이라는 작품으로 유 감독에게 흑상예술대상 영화 대상의 영예를 안겨준 명작이었다.

드라마에서 영화로 노선이 바꾸는 게 당연할 정도로 좋은 작품이었다.

“흥! 몰라요. 나 마스크 쓸 거예요. 마스크 구해 주세요.”

결국 말 한마디 잘못했다가 민봉팔은 근처 편의점으로 마스크를 사러 갔다.

물론 시상식에서 강여운은 마스크를 쓰지 않았다.

민봉팔이 대기실에서 떠나자 강여운이 물었다.

"정호 오빠, 나 오늘 어때요?"

기대감이 한껏 드러난 얼굴이었다.

하지만 정호의 대답은 과장이 없이 담백했다.

"응, 예뻐."

"그게 끝이에요?"

"응, 그게 끝."

사실 정호에게 이번 흑상예술대상은 큰 감흥이 없었다.

왜냐하면 이번 시상식의 결과를 이미 알고 있었기 때문이었다.

영화 감독상은 앞서 말했듯이 유 감독이 받을 예정이었고, 영화 여자최우수상은 강여운이 받을 것이 확실했다.

이전의 시간에서도 〈과장을 모르는 담백한 딸〉의 주연이었던 배우가 흑상예술대상의 영화 여자 최우수상을 받았으니깐.

하지만 이런 정호의 태도가 강여운을 삐지게 했다는 걸 알지 못했다.

두 시간 후.

"……봉팔 오빠, 현정 언니(주 코디), 정 실장님, 황 팀장님, 권 팀장님 모두 감사합니다."

정호의 이름은 강여운의 수상 소감에서 호명되지 않았다.

민봉팔이 정호의 표정을 살피며 물었다.

"정호야…… 네 이름 없다……."

정호는 그런 강여운의 태도도 귀엽게 여겨졌다.

정호가 피식 웃으며 대답했다.

"나도 알아."

시상식 뒤풀이로 이동 전, 대기실로 강여운이 돌아왔다.

자신의 행동이 왠지 찔리는지 강여운은 힐끔거리며 정호의 기분을 파악하기 위해 노력했다.

하지만 정호의 태도는 평소와 별반 다르지 않았다.

그러자 오히려 초조해진 쪽은 강여운이었다.

강여운이 정호에게 다가와 혼자 말인 것처럼 중얼거렸다.

"아까 너무 긴장을 해서 그런지 이름 하나를 빼먹은 거 같은데……."

정호는 들었지만 못 들은 척 자리를 슬쩍 피했다.

결국 그날 시상식 뒤풀이를 끝내고 돌아갈 때까지 강여운은 하루 종일 정호의 눈치를 봤다.

◇ ◆ ◇

정호는 한창 연습이 진행 중인 안무 연습실을 찾았다.

네 명의 소녀들과 안무가이자 소녀들의 전담 안무 트레이너이기도 한 곽형철이 구슬땀을 흘리고 있었다.

네 명의 소녀들은 몇 개월째 다양한 걸 그룹들의 안무를 카피해서 연습을 하고 있는 중이었다.

'열심히군. 이게 백 몇 곡째라고 했지?'

정호가 새삼 소녀들의 연습량에 기가 질려하며 문을 열고 들어갔다.

정호를 발견한 곽형철이 음악을 껐고 네 명의 소녀들이 정호를 향해 인사를 했다.

"안녕하세요, 과장님!"

정호가 곽형철에게 눈짓으로 양해를 구한 뒤 말했다.

무슨 얘기가 나올지 뻔히 알고 있다는 듯 곽형철이 웃으며 선뜻 양해의 표현을 받아들였다.

"그래, 반가워. 할 말이 있어. 다들 모여 봐."

정호가 네 명의 소녀들을 한곳에 모았다.

정호는 일렬로 선 네 사람을 찬찬히 살폈다.

그사이 성실한 태도로 모범을 보여 팀의 리더로서 인정을 받은 유미지.

어느새 넘치는 끼로 팀의 중요한 기둥이 된 하수아.

늘 뾰로통한 표정을 짓고 있지만 뛰어난 잠재력 보유한 신유나.

차가운 카리스마를 벗어 던지고 늘 나른한 표정을 짓게 된 오서연.

네 사람을 살필수록 정호의 가슴속에는 자부심이 떠올랐다.

정호가 생각하는 완벽한 걸 그룹이 정호의 눈앞에 있었다.

각자의 개성을 보유하면서도 노래와 춤, 어느 것 하나 빠지지 않는 진정한 팀.

'이 팀은 성공한다. 이렇게 네 사람을 모아둔 이상 누가 이 팀을 맡아도 이 팀은 성공할 수밖에 없다.'

이런 생각이 정호를 뜨겁게 만들었다.

'하지만 나는 매니저다. 이들보다 뜨거워져서는 안 돼.'

정호는 순풍과도 같은 아주 부드러운 미소를 지어 보였다.

이제 네 명의 소녀들을 뜨겁게 만들 차례였다.

"곡이 나왔어."

정호가 입을 열자 네 명의 소녀들이 눈빛이 달라졌다.

"제목은 〈테니스 스커트〉. 안무는 여기 계시는 곽형철 선생님이 짜주셨고, 너희들의 파트도 전부 결정된 상태야."

정호의 얘기가 이어질수록 소녀들의 눈빛이 뜨거워졌다.

"많이 기다렸다. 오늘부터 진짜 데뷔를 위한 본격적인 연습이 시작된다."

어느새 달아오를 대로 달아오른 소녀들의 눈을 하나씩 마주치며 정호가 이야기를 마무리 지었다.

"자, 이제 노력의 결과물을 보여주자."

◇ ◆ ◇

지금껏 네 명의 소녀들은 타이트한 연습 일정을 누구보다도 열정적으로 소화했다.

1년 3개월이라는 시간은 보통의 연습생들에게는 길다면 길고 짧다면 짧다고 할 수 있는 애매한 기간이었다.

하지만 네 사람은 이 시간을 아주 짧은 시간으로 받아들였다.

그래서 이 짧은 시간을 두세 배로 늘리기 위해서 누구보다도 열심히 연습에 임했다.

소녀들의 연습량에 기가 질린 트레이너들이 찾아와 정호에게 걱정을 털어놓을 정도였다.

"이대로라면 수아는 곧 쓰러질 거예요. 춤을 추지 못하게 해야 해요. 거의 반 미쳤다고요."

"이런 혹사가 계속된다면 유나는 목을 쓰지 못할 수도 있습니다. 적절한 조치가 필요해요."

"서연이의 양쪽 입꼬리를 본 적 있나요? 발음 교정을 하겠다고 잠을 잘 때도 펜을 물고 자는 건지 입꼬리가 완전다 헐었어요."

"미지가 걷질 못하고 목소리도 내지 못합니다. 자기는 리더라고, 살인적인 연습을 하는 다른 멤버들보다도 더 열심히 하겠다고, 무리하다가 저렇게 되고 말았어요."

모든 분야의 트레이너들이 하루도 빠짐없이 찾아와 정호

에게 성토했다.

보다 못해 정호가 나섰다.

연습생이 된 지 근 한 달 만에 만신창이가 된 소녀들이 모아두고 정호가 차갑게 물었다.

"너희들 꼴이 이게 뭐야? 스타가 되겠다고 사람이 되기를 포기한 거야?"

소녀들은 대답 없이 고개만 푹 숙였다.

스스로의 잘못이 뭔지 충분히 알고 있는 듯한 태도였다.

프로라면 몸을 아끼는 것이 당연했다.

프로의 유일한 자산은 몸이었으니깐.

하지만 프로를 꿈꾸는 이 소녀들은 그러지 못했고 소녀들도 그게 큰 잘못이라는 걸 몸의 상처가 주는 고통으로 절감하고 있었다.

'여기서 더 크게 호통을 쳤다간 오히려 열정의 꽃이 시들지도 모른다. 이쯤에서 본론으로 넘어가자. 혼내는 것보다 중요한 건 옳은 방향으로 새로운 의욕을 심어주는 거야.'

정호는 그런 소녀들이 찬찬히 살피다가 선언했다.

"길게 말하지 않을게. 이제부터 이 규칙을 준수해. 첫째, 모든 추가 연습은 멤버 전원이 함께한다. 둘째, 두 주 전 연습 계획서를 작성하여 트레이너 선생님들께 동의를 구한다. 그리고 셋째……."

정호가 잠시 쉬었다가 이어서 말했다.

"모든 추가 연습에는 내가 참관한다."

소녀들이 토끼 눈을 뜨고 정호를 뚫어져라 쳐다봤다.

"변명이나 반박은 듣지 않을 거야. 내가 하라는 대로 해."

그때부터 정호는 아침, 저녁 추가 연습에 참여했다.

다른 부분은 신경 쓰지 않았다.

오로지 소녀들의 기초 체력을 키우는 데 최선을 다했다.

실력 부분은 추가적으로 키울 필요가 없다는 게 정호의 판단이었다.

멤버들에게 단점이 없는 것은 아니었다.

신유나는 노래를 잘 부르는 만큼 춤이 약했고, 오서연은 춤과 랩이 모두 뛰어났지만 표정이 딱딱한 편이었으며, 유미지와 하수아는 아직 모든 부분에서 덜 만들어진 느낌이 났다.

하지만 이 부분은 정 실장과 정호가 발로 뛰어 영입한 최고의 트레이너들이 1년간 전문적으로 손을 보아준다면 충분히 해결될 일이었다.

재능 있는 소녀들인 만큼 더 빨리 실력을 갖출 수도 있다는 게 회사 내부의 평가였다.

같이 뛰고 뒹굴며 어느새 1년 3개월이라는 시간이 훌쩍 흘렀다.

그리고 그렇게 나온 결과는 정호의 예상을 훨씬 뛰어넘었다.

'이 아이들에게 이런 재능이 있었다고……?'

길지 않은 시간 동안 소녀들은 당장 데뷔를 해도 최상위권에 위치할 만한 실력을 갖춘 가수로 거듭나 있었다.

정호로서도 전혀 예상하지 못한 전개였다.

매니저로서 정점에 올랐던 정호 평생의 노하우가 네 명의 소녀들에게 스며들었다는 걸 정호는 깨닫지 못했으니깐.

'말도 안 돼…….'

정호는 끝내 알지 못했다.

이런 결과물이 나올 수 있었던 이유가 자신이 있었기에 가능했다는 사실을.

◇ ◆ ◇

다시 3개월이 지난 시점.

그러니깐 소녀들의 연습 기간이 1년 6개월이 되는 어느 날.

정호가 소녀들 앞에 서 있었다.

"너희들의 데뷔 날짜가 정해졌다."

소녀들의 시선이 일제히 정호를 향했다.

"데뷔 날짜는 다음 주 목요일인 6월 17일. 데뷔 무대는 음악탱크. 너희는……."

잠시 정호가 말을 끊고 소녀들을 바라봤다.

소녀들의 뜨거운 눈빛이 당장이라도 높이 솟아올라 밤하늘을 수놓을 것 같았다.

"밀키웨이라는 이름으로 데뷔한다."

매니지먼트 제왕

24장. 가장 떨리기 때문에 가장 비참한

데뷔 당일.

정호와 밀키웨이는 멤버들은 음악탱크 촬영 무대가 있는 KBC로 이동 중이었다.

"시간 됐다!"

네 사람 중에서 가장 활발한 하수아가 외쳤다.

하수아는 10분 전부터 스마트폰을 뚫어져라 쳐다보며 음원 공개를 기다리고 있었다.

"공개됐어?"

하수아만큼이나 적극적인 면이 있는 리더 유미지도 스마트폰을 꺼냈다.

하수아랑 유미지가 주거니 받거니 떠들었다.

원래 합이 잘 맞는 두 사람이었다.

"완전 대박. 이렇게 플럼(Plum)에 우리 노래가 뜨니깐 기분이 이상해!"

"플럼이라니…… 감격적이다, 정말."

"우리 사진, 아무리 봐도 엄청 잘 나온 거 같지 않아?"

"특히 유나가 대박인데? 유나야, 넌 센터라서 그런지 커버가 작은데도 잘 보인다."

신유나는 대꾸하지 않았지만 아닌 척 어느새 스마트폰을 꺼내 음원을 확인하고 있었다.

그러더니 한마디를 툭 뱉었다.

"미지 언니도 꽤 잘 나왔네."

한편 오서연은 음원 공개에 관심이 없는 것 같았다.

과자를 집어 먹으며 하품만 했다.

이 모습을 발견한 하수아가 오서연에게 잔소리했다.

"서연 언니! 방송 전에 과자를 먹으면 어떻게! 그러다가 똥배 나온다고!"

오서연은 특유의 나른한 표정으로 알겠다는 듯 손을 들어 보인 뒤 다시 과자를 집어 먹었다.

하수아가 그걸 보고 기겁했다.

그러더니 운전을 하고 있는 정호에게 요청했다.

"먹지 말라니깐! 과장님, 서연 언니 좀 말려주세요."

"글쎄…… 말린다고 서연이가 내 말을 들을까?"

"힝! 저 언니 진짜 어떡해!"

그러자 발표된 음원을 듣고 있던 신유나가 이어폰을 빼며 한마디 던졌다.

"돼지."

오서연의 손이 멈칫했다.

네 사람 중에서 허리가 가장 얇고 몸매 관리에도 신경을 가장 많이 쓰고 있는 멤버가 신유나였다.

그래서 그런지 오서연도 적지 않은 타격을 받은 것 같았다.

옆에서 하수아가 기뻐했다.

"오! 유나, 나이스!"

칭찬을 들었음에도 신유나는 대꾸 없이 다시 이어폰을 끼고 음원을 마저 감상했다.

기다렸다는 듯이 오서연이 다시 과자를 집어 먹었다.

"아오! 언니!"

하수아가 절규했다.

결국 유미지가 끼어들었다.

"놔 둬. 어차피 서연이는 잘 찌지도 않는 체질이잖아. 그래도 조금만 먹는 게 좋을 것 같아, 서연아."

오서연은 다시 한 번 유미지에게 특유의 나른한 표정을 한 채 손을 들어 보였다.

정호는 밀키웨이 소녀들의 얘기를 들으며 쓴웃음을 지었다.

적지 않은 시간을 매일같이 함께한 정호인 만큼 소녀들의 마음을 쉽게 가늠할 수 있었다.

네 사람은 최선을 다해 노력하고 있는 중이었다.

첫 무대가 주는 긴장감을 벗어나기 위해서, 싸늘한 음원 공개의 반응을 떨쳐내기 위해서.

'너희들은 잘해낼 거야. 이 무대가 끝이 아님을 기억한다면…….'

◇ ◆ ◇

수많은 인파가 방송국 앞에 집결해 있었다.

사람들의 시선이 잠깐 정호와 밀키웨이가 타고 있는 구형 밴에 집중됐다.

하지만 구형 밴에서 처음 보는 사람들이 내리자 시선은 싸늘해졌다.

싸늘하다는 것도 과장이었다.

그저 무반응, 그 자체였다.

정호가 밀키웨이 멤버들에게 눈짓을 보냈다.

소녀들은 기다렸다는 듯이 사람들을 향해 인사했다.

"안녕하세요, 신인 걸 그룹 밀키웨이입니다!"

"밀키웨입니다!"

처음치곤 나쁘지 않았다.

충분히 밝고 경쾌한 인사였다.

아까보다는 반응이 나아져서 몇몇 사람들이 사진을 찍었다.

환호는 없지만 인사를 받아주는 사람들도 있었다.

방송국으로 들어가며 정호가 격려했다.

“잘했어. 앞으로도 계속 이렇게 인사하면 돼.”

하지만 멤버들의 반응은 별로 좋지 않았다.

생각보다 차가운 시선에 많이 놀란 모양이었다.

“힘내, 너흰 정말 잘했어. 이제 시작이잖아.”

유미지가 정호의 말을 받았다.

“과장님 말이 맞아. 힘내자, 얘들아.”

다행히 유미지의 말이 멤버들에게 통하는 것 같았다.

때로는 정호보다는 유미지의 말이 멤버들의 마음을 잘 움직였다.

‘그게 내가 유미지를 데려오고 싶어 했던 이유지.’

분위기는 한결 나아졌고 정호와 밀키웨이 멤버들은 곧장 대기실로 향했다.

선배 가수들과 연출진에게 인사를 하러 다녀야 했지만 아직 시간이 일렀다.

아직 다른 가수들이 도착하기 전이었다.

‘인사는 이따가 한꺼번에 하는 게 낫다. 그나저나 대기

실을 우리 팀만 썼으면 좋겠는데…….'

하지만 모든 일이 정호의 뜻대로 되는 것은 아니었다.

대기실 문에는 '해피걸즈, 타일리아, 밀키웨이'라고 쓰인 종이가 붙어 있었다.

해피걸즈와 타일리아는 각각 2주, 3주 전에 먼저 데뷔한 걸 그룹이었다.

"안에 해피걸즈 선배님이랑 타일리아 선배님들이 계실지도 모르겠다. 다들 인사할 준비해."

안에는 두 걸 그룹 모두가 이미 도착한 상태였다.

"안녕하세요, 신인 걸 그룹 밀키웨이입니다!"

"밀키웨입니다!"

반응은 방송국 앞에 모인 팬들보다도 싸늘했다.

'두 걸 그룹 모두 데뷔 후 반응이 좋지 않다더니…… 우리 애들이 겁을 많이 먹겠는데?'

밀키웨이 소녀들을 확인해 보니 역시나 상태가 좋지 않았다.

간신히 나아진 분위기가 완전히 다운돼 있었다.

늘 뾰로통한 신유나는 얼어 있었고 대범한 구석이 있는 오서연도 표정이 나빴다.

정호는 소녀들에게 속삭였다.

"일단 쉬자. 괜히 이런 분위기에 기죽을 필요 없어. 졸린 사람은 눈을 좀 붙이기로 하고 음악을 들을 사람은 음악을 들어. 괜찮지?"

"근데 오빠. 우리 다른 분들한테도 인사하러 가야 한다고 하지 않았어요?"

유미지의 질문이었다.

"할 거야. 조금만 쉬었다가. 다른 가수들 다 도착하려면 시간이 좀 있어야 해."

한쪽에서 안무 준비를 하고 다른 한쪽에서 메이크업을 받고 있는 가운데 밀키웨이는 어정쩡하게 휴식을 취했다.

정호는 멤버 한 사람씩 찾아가 격려의 말을 건네며 분위기를 바꾸기 위해 노력했다.

다행히 분위기는 금세 나아졌다.

워낙 밝거나 낙천적인 면이 있는 멤버들이었기 때문에 금방 안 좋은 기분에서 벗어나는 것 같았다.

"다들 편히 쉬어. 무대에 오르는 건 어차피 나중 일이잖아."

정호는 멤버들의 상태가 나아진 걸 확인하고 자리로 돌아왔다.

눈을 붙이려다가 스마트폰 꺼내 음원 차트 순위를 확인했다.

정오부터 오후 여섯 시 사이에 발표된 곡은 한 시간 단위로 당일에 집계가 됐다.

한참 찾았지만 밀키웨이의 〈테니스 스커트〉는 어디에도 없었다.

'역시 없네. 그래도 곧 반응이 나오겠지. 슬로우 브리즈가 그랬던 것처럼.'

정호가 애써 스스로를 다독이며 다시 밀키웨이 소녀들을 확인했다.

다들 각자의 방식으로 생각보다 잘 쉬고 있었다.

그러다가 문득 오서연과 눈이 마주쳤다.

슬쩍 오서연의 스마트폰이 보였다.

플럼의 음원 차트 순위 화면이었다.

유미지가 팀의 살림꾼 같은 느낌의 리더라면 오서연은 팀의 정신적 지주였다.

처음부터 춤과 랩 실력이 모두 프로에 가까울 만큼 뛰어났던 오서연은 언제나 대범하면서도 나른한 표정으로 팀의 중심을 잡아주고 긴장감을 풀어주곤 했다.

'하지만 서연이도 이게 첫 방송 무대인 만큼 긴장했겠지. 아마 멤버들의 눈치가 보여서 보지 못하다가 이제야 스마트폰을 꺼내서 음원을 확인한 모양이다. 약간 실망했겠지……?'

정호가 입 모양으로 오서연에게 말했다.

'괜찮아.'

그러자 오서연이 까딱 고개를 끄덕였다.

멤버들의 긴장감을 풀어주기 위해 지었던 특유의 나른한 표정은 오서연의 얼굴에 나타나 있지 않았다.

◇ ◆ ◇

우르르 올라가 리허설을 끝내고 가수들에게 인사를 하고 다니다 보니 어느새 생방송 공연 시간이 다가왔다.

"밀키웨이, 준비해 주세요!"

정호와 밀키웨이는 무대 뒤로 이동했다.

밀키웨이의 순서는 두 번째였다.

오늘 데뷔하는 다른 팀이 하나 더 있어서 순번을 운 좋게 두 번째로 배정받을 수 있었다.

정호는 다음 순서를 기다리고 있는 소녀들을 찬찬히 살폈다.

하나같이 긴장감이 역력한 표정이었다.

특히 막내인 신유나가 평소와 달랐다.

정호의 팔을 붙든 채 불안해했다.

뾰로통한 표정으로 여린 마음을 감추기 위해 아무리 노력해도 신유나는 아직 애였다.

"많이 긴장돼?"

정호가 신유나에게 물었다.

신유나는 잠시 입을 다물었다가 쥐어짜듯 말했다.

"긴장돼요. 살면서 이렇게 떨린 건 처음이에요."

정호는 어떤 위로의 말이라도 해볼까 하다가 그만뒀다.

지금은 정호에게도 힘든 순간이었다.

애정을 가지고 키운 걸 그룹이 첫 무대에 오르는 장면은 정호로서도 견디기가 힘들었다.

이 세상 누구보다도 떨고 있는 이 소녀들은 이제 곧 가장 비참한 무대를 경험하게 될 것이다.

단 하나의 환호도 존재하지 않는 무심한 눈.

그런 눈들이 소녀들을 쫓을 것이고 그런 눈들이 소녀들을 고통스럽게 할 것이다.

그건 오로지 소녀들의 몫이었다.

정호가 대신 감당해줄 수 없는 오로지 소녀들의 몫.

이 짐을 정호가 대신해줄 수 없다는 사실이 정호를 힘들게 했다.

정호는 말없이 신유나의 머리를 쓰다듬었다.

밀키웨이 멤버들은 신유나를 쓰다듬고 있는 정호의 손을 바라봤다.

"잘 할 수 있을 거야. 너희는 잘 할 수 있을 거야."

정호가 이렇게 말한 것은 아니었다.

하지만 왠지 모르게 신유나의 머리를 쓰다듬는 정호의 손을 보며 밀키웨이 멤버들은 이런 말을 들은 것 같은 위로를 받았다.

"밀키웨이, 올라가세요!"

밀키웨이 멤버들이 무대에 올랐다.

정호는 밀키웨이 멤버들의 뒷모습을 바라보며 생각했다.

'가장 떨리기 때문에 가장 비참한 이 무대가 끝나면……

너희는 수많은 스타들을 아우르는 진짜 은하수가 될 수 있을 거야…… 같이 힘내자…….'

◇ ◆ ◇

강여운은 최근 여유가 넘쳤다.

〈과장을 모르는 담백한 딸〉과 관련된 전반적인 활동을 끝내고 휴식기에 돌입했기 때문이었다.

간간이 화보와 광고 촬영이 있긴 했지만 대부분의 활동이 주기가 길고 느슨했다.

그동안 거의 휴식 없이 영화 촬영에 몰두한 만큼 두 달 정도 충분한 휴식을 취하자고 회사와 합의를 본 상태였다.

뜨거운 햇살과 광활한 바다.

보통 사람들은 여배우의 휴식기를 생각하며 이런 모습을 떠올리기 마련이었다.

하지만 강여운은 달랐다.

"여러분, 안녕하세요!"

뜻밖에도 강여운은 안무 연습실 문을 열며 밝게 인사했다.

다른 스타들은 이런 기회에 휴가를 가거나 자기만의 취미 생활을 가지는 게 보통이었다.

하지만 탑급 여배우임에도 불구하고 강여운은 독특하게도 가수의 연습실에서 대부분의 시간을 보냈다.

그것도 무명이나 다름이 없는 걸 그룹 밀키웨이의 연습실에서.

"안녕하세요, 언니!"

"언니, 오셨어요?"

밀키웨이 멤버들은 강여운을 반갑게 맞이했다.

강여운과 밀키웨이 멤버들은 이미 진한 친분을 나누고 있었다.

강여운이 본격적인 휴식기에 접어든 것은 얼마 되지 않았지만 이렇게 밀키웨이 멤버들을 찾아온 지는 꽤 됐다.

1년 6개월 전, 정호가 걸 그룹 멤버가 다 모았을 때쯤부터 강여운은 바쁜 시간을 쪼개서 밀키웨이의 연습실을 찾았다.

언뜻 보기에는 친해지기 쉽지 않은 조합의 강여운과 밀키웨이였다.

특히 하수아와는 홍단비 역을 두고 경쟁했고 유미지와는 〈내 사랑 티라미수〉의 분량을 두고 경쟁한 사이였다.

게다가 오서연이나 신유나의 성격도 만만찮았다.

하지만 강여운은 이런 악조건을 보란 듯이 뛰어넘고 밀키웨이 멤버들과 친분을 쌓았다.

곰곰이 생각해 보면 가능하지 않을 것도 없었다.

하수아와는 홍단비 역을 두고 경쟁했다지만 사실 그

오디션을 본 사람은 수천 명이었다.

강여운과 하수아는 경쟁자라기보다는 서로 그냥 모르는 사이였다.

또 〈내 사랑 티라미수〉의 연출진이나 시청자는 강여운과 유미지를 분량을 두고 대결하는 경쟁 관계로 봤지만 정작 두 사람은 촬영장에서부터 사이가 나쁘지 않았다.

친구 사이로 나온 탓에 두 사람은 종종 부딪힐 일이 있었는데 그때마다 서로를 잘 챙겨주며 어느 정도 호감을 쌓았다.

결정적으로 강여운이 워낙 사람들을 살갑게 잘 대했다.

오서연과 신유나는 탑급 여배우임에도 불구하고 자신을 허물없이 대하는 강여운의 태도에 마음을 움직였다고 할 수 있었다.

"너희 데뷔 무대 잘 봤어. 힘들지 않았어?"

강여운이 물었다.

"솔직히 쉽진 않았지만 괜찮았어요."

"과장님이 워낙 잘 이끌어 주셨으니깐."

하수아와 유미지가 쿵짝, 강여운의 말에 대답해줬다.

그러더니 갑자기 하수아가 짓궂은 표정을 지으며 신유나에게 물었다.

"솔직히 말해봐, 유나야. 너 과장님이 머리 쓰다듬어줄 때 어떤 기분이었어?"

갑작스러운 질문이었는지 신유나가 당황했다.

"뭐, 뭐가?"

"어머, 진짜? 오빠가 유나 머리를 쓰다듬어줬어? 어땠어, 유나야?"

강여운이 놀라며 끼어들었다.

"어때긴 뭐 어때……."

신유나가 대답을 하려는데 오서연이 슬쩍 치고 들어왔다.

"개가 된 기분이었겠지."

신유나가 오서연을 찌릿 째려봤다.

그러자 오서연이 어깨를 으쓱하며 말했다.

"그럼 못 써, 퍼피."

그렇게 강여운과 밀키웨이 멤버들이 이야기꽃을 피우고 있을 때 정호가 등장했다.

"애들아, 안녕!"

강여운과 밀키웨이 멤버들이 정호 쪽으로 시선을 돌렸다.

"오빠!"

"안녕하세요, 과장님."

"안녕하세요."

슬쩍 연습실을 훑어본 정호는 분명 강여운을 봤을 텐데 별 언급 없이 밀키웨이 멤버들에게 말했다.

"며칠 전 무대는 솔직히 쉽지 않았지? 하지만 걱정하지 않아도 된다. 너희에게는 첫 무대의 긴장과 실수를 만회할 기회가 생겼으니깐. 이틀 뒤 뮤직캠핑에 출연한다."

이후로도 정호는 강여운을 의식하지 않은 채 밀키웨이 멤버들에게 집중했다.

어쩔 수 없는 선택이었다.

'여운이가 어떤 마음을 가지고 이곳에 찾아오는지는 알고 있다. 하지만 이 연습실에서만큼은 저 소녀들에게 집중해야 해.'

잠시 후 정호는 밀키웨이 멤버들의 노래와 안무를 확인했다.

생방송에 오를 수 있을 만한 컨디션인지 가늠할 필요가 있었다.

한편 그런 정호의 태도를 보며 강여운이 생각했다.

'내가 조금 더 노래를 잘 부르고 춤을 잘 췄다면…… 그래서 배우뿐만 아니라 가수의 길도 걸을 수 있었다면…… 정호 오빠는 날 더 많이 바라봐주었을까…….'

강여운은 이미 '대시맨 사건'을 겪으며 정호를 어느 정도 이해하게 된 상태였다.

하지만 욕심이 나는 것은 어쩔 수 없었다.

'내가 높이 올라가는 속도보다 정호 오빠는 언제나 더 빨리 높은 곳을 향해 날아오르는 것 같아…….'

◇ ◆ ◇

SBC 예능국.

대시맨 제작진은 회의를 거듭하며 고민에 빠져 있었다.

"좋은 아이디어 없어? 500회를 기념할 만한 제대로 된 아이디어를 내야 할 것 아니야."

대시맨 담당 PD인 이 피디가 제작진을 닦달했다.

하지만 회의실은 적막에 휩싸여 있을 뿐이었다.

적막을 견디다 못해 조연출이 입을 열었다.

"레전드 특집은 어떨까요?"

"또?"

"아니…… 그냥 레전드 특집이 아니라 레전드로 불리는 특집의 게스트를 불러서 비슷한 포맷에 다른 게임을 하는 거죠……."

"그게 신선하겠어? 무슨 특집 생각하고 있는데?"

"글쎄…… 그건……."

"에이X! 똑바로 안 해?"

회의실이 다시 적막에 휩싸였다.

잠시 후 메인 작가가 조심스럽게 말했다.

"그때 그건 어때요?"

"괜한 소리해서 나 기대하게 하지 마라."

"강여운이 사고 쳤던 거."

"……대시맨 복고 클럽?"

"네, 그거요. 대시맨 복고 클럽."

이 피디가 잠시 생각에 빠졌다.

그러더니 잠시 후 이 피디가 중얼거리듯 말했다.

"그거…… 괜찮겠는데?"

◇ ◆ ◇

정호가 음악캠핑의 무대가 있는 MBS로 이동하고 있을 때였다.

지이잉.

전화가 걸려 왔다.

민봉팔이었다.

"여보세요?"

"정호야, 큰일났다."

"무슨 큰일?"

"대시맨에서 저번에 했던 대시맨 복고 클럽인가 하는 걸로 이번에 레전드 특집을 한다는데…… 지금 여운이가 그거 촬영하겠다고 해서 촬영장 가고 있다."

"그게 무슨 소리야? 지금? 아니, 여태까지 뭐 하고?"

"아무도 몰랐어…… 대시맨 이 피디가 여운이 설득해 보겠다고 개인 번호 알아내서 섭외한 모양이야."

"그게 말이 돼?"

"말이 안 돼서 나도 미치겠다. 어떻게 하냐, 정호야……

여운이 노래도 못하고 춤도 못 추는 애가 지금 거기 가서 밀키웨이 노래하고 춤추겠다고 밴에서 맹연습 중이야."

정호는 문득 어떤 시나리오 하나가 머릿속을 스치는 듯했다.

"여운이 바꿔 봐."

"못 해."

"뭘 못 해? 여운이 바꿔 보라고!"

"싫대. 너랑 통화 안 하겠대."

25장. 이성이 아닌 이성으로

윤 부장과 정 실장이 한 사무실에 있었다.

"꼭 이렇게까지 해야 했나요?"

질문을 던진 사람은 다름 아닌 정 실장이었다.

"자네도 알지 않는가? 회사로서는 무척이나 좋은 기회였다는 걸."

민봉팔이 알고 있는 사실과는 다르게 대시맨의 이 피디가 개인 번호를 알아내 전화를 건 쪽은 강여운이 아니라 윤 부장이었다.

이 피디는 청월로서는 굳이 거절할 필요가 없는 달콤한 제의를 했다.

"대시맨의 이번 콘셉트는 자유 시민 게임입니다. 출연자가 알고 있는 노래와 춤을 제한 시간 내에 시민들에게 가르쳐서 미션을 수행하는 거죠."

여기까지는 별다를 것이 없는 흔한 대시맨의 게임 룰이었다.

하지만 그다음부터가 이 피디 제안의 핵심이었다.

"여기서 강여운 씨는 반복적으로 밀키웨이의 〈테니스 스커트〉를 부르고 안무를 따라할 겁니다. 물론 잘 부르지 않겠죠. 안무도 어색할 거고요. 이게 웃음 포인트입니다. 하지만 동시에 어마어마한 홍보 효과를 누리게 될 겁니다."

간단히 정리하자면 강여운을 출연시켜 주기만 하면 밀키웨이의 노래를 부르게 해 밀키웨이의 홍보를 해주겠다는 뜻이었다.

잠자코 이 피디의 얘기를 듣고 있던 윤 부장이 확답을 받기 위해 슬쩍 떠봤다.

"누가요? 새삼 강여운이?"

이 피디도 윤 부장이 자신을 떠본다는 걸 알고 능구렁이처럼 대답했다.

"이거 선수들끼리 왜 그러십니까? 당연히 청월이 애지중지 키워온 신인 걸 그룹, 밀키웨이죠. 원하신다면 밀키웨이 멤버 한둘의 자리도 마련하겠습니다. 그러면 너무 밀어준다는 티가 나긴 하겠지만요."

여기까지 얘기가 진행되자 윤 부장의 입가에는 살며시 미소가 떠올랐다.

사실 윤 부장에게는 다른 노림수가 있었다.

"그럴 필요는 없습니다. 그날 밀키웨이는 음악캠핑 촬영이 있거든요. 게다가 여운이의 출연도 장담할 수는 없군요. 알다시피 여운이는 배우이고 이미 대시맨에는 한 번 출연하여 새로운 이미지를 얻기 위해 기존의 이미지를 어느 정도 소모한 상태입니다."

대시맨은 예능인 만큼 편하고 친근한 이미지를 얻을 수 있게 도움을 주었지만 반대로 다양한 배역을 위해 여배우가 가져야 할 신비감도 어느 정도 사라지게 했다.

윤 부장은 이 부분을 지적하여 이 피디를 압박하고 원하는 바를 이루고자 했다.

"뿐만 아니라 여운이는 현재 회사와 휴식기를 갖기로 합의를 본 상태입니다. 결국 저 혼자 독단으로 여운이의 촬영을 결정짓기가 힘들다는 뜻이죠."

내용만 들어보면 완곡한 거절 의사였다.

이 피디도 그렇게 알아듣고 지푸라기라도 붙잡는 심정으로 말했다.

"강여운 씨도 내심 이런 기회를 기다리지 않았을까요? 제가 아는 라인으로 전해 듣기론 강여운 씨와 밀키웨이의 친분이 각별하다던데요?"

윤 부장의 미소는 더욱 짙어졌다.

완벽하게 노림수대로 이 피디가 움직이고 있었다.

하지만 미소 짓고 있는 본심과는 달리 말투에서는 이 피디의 말대로 해주지 못하는 것에 대한 애석함이 담겨 있었다.

"……이 피디님의 말이 맞습니다. 그 친구들이 각별한 사이이긴 하죠……. 저도 고민이군요……. 아! 이러면 어떨까요? 이 피디님이 직접 여운이를 설득해 보는 겁니다. 어떻습니까?"

그렇게 해서 이 피디는 강여운에게 직접 전화를 걸게 됐다.

"그렇다고 여운이의 개인 번호를 알려주실 필요까지 있었습니까?"

정 실장이 딱딱한 얼굴로 물었다.

"이미 알고 있는 얘길 몇 번이나 물어보는군……. 이건 회사로서는 밀키웨이를 마케팅할 수 있는 좋은 기회야. 하지만 이게 겨우 이 정도로 끝날 기회가 아니네. 더 이용할 만한 가치가 있지."

윤 부장이 그게 뭔지 알고 있지 않냐는 듯 정 실장을 쳐다봤지만 정 실장은 별 반응이 없었다.

완곡한 불만의 표현이었다.

사실 정 실장은 윤 부장의 현재 방식이 이해가 되지 않았다.

원하는 바를 위해 누군가의 사생활을 희생시키는 건 정 실장의 방식이 아니었다.

그리고 그건 원래 윤 부장의 방식도 아니었다.

그래서 왜 윤 부장이 이렇게까지 하는 것인지 이해할 수 없었다.

정 실장이 대답이 없자 윤 부장은 어깨를 으쓱한 뒤 계속 말을 이었다.

"나는 말이야. 오정호의 능력이 어느 정도인지 알고 싶어. 그리고 능력이라는 건 단순히 좋은 작품을 고르고 뛰어난 팀을 꾸리는 것이 아니야."

"그를 시험하실 생각입니까?"

"그렇네. 여운이의 개인 번호를 왜 알려줬냐고 물었지? 사실 개인 번호 같은 건 의미가 없네. 자네도 알다시피 피디라는 족속들은 마음만 먹으면 어떻게든 개인 번호를 알아낼 능력이 충분하니깐. 오히려 개인 번호를 던져주고 다른 걸 할 수 있게 할 필요가 있지. 이게 뭘까?"

윤 부장이 넌지시 물었지만 정 실장은 이번에도 반응이 없었다.

"휴…… 끝까지 모른 척이군. 그래, 나만 나쁜 사람이네. 그러니 내가 말하지. 나는 이쯤에서 오정호의 능력 중에 확인해볼 게 있다고 생각했네. 담당 연예인을 이성(異性)이 아닌 이성(理性)으로 바라보는 능력. 그 능력이 오정호에게 있는지 회사를 위해서 이번 기회에 확인할 생각이네."

담당 연예인을 이성(異性)이 아닌 이성(理性)으로 바라보는 능력.

이건 얼핏 보면 아무것도 아닐 수 있었다.

남녀가 붙어 다니다 어느 정도 감정 생기는 건 자연스러운 일이니깐.

하지만 매니저에게 이 부분은 상당히 중요했다.

누군가를 이성(異性)으로 사랑한다는 건 상대방에게 이성(異性)으로서의 사랑을 받고 싶다는 뜻이었다.

사랑을 하는데 사랑을 받고 싶지 않은 사람은 없었다.

그리고 그건 케어를 할 연예인에게 사랑을 받고 싶다는 뜻이 됐다.

'주객이 전도는 되는 것. 정말 부장님은 오정호가 그럴까봐 걱정이 되시는 겁니까?'

윤 부장의 말을 듣고 정 실장이 속으로 생각했다.

'사실 부장님이 확인하고 싶은 거 그런 게 아니겠지요. 부장님은 도저히 악역이 어울리지 않는 분이십니다.'

지이잉.

그때 윤 부장의 휴대 전화가 울렸다.

정호였다.

◇ ◆ ◇

정호는 마음 같아서는 당장 강여운에게 달려가고 싶었다.

하지만 그러지 못했다.

음악캠핑 생방송 무대를 앞두고 있는 밀키웨이를 방치할 수는 없었기 때문이었다.

정호 대신 밀키웨이를 봐줄 로드매니저라도 있었다면 좋았겠지만 청월은 다소 타이트하고 효율적으로 인력을 배치해야 할 처지에 놓여 있는 중소 규모의 소속사였다.

그런 사람이 있을 리가 만무했다.

결국 정호는 음악캠핑 무대를 마치고 밀키웨이를 숙소로 데려다준 후에야 대시맨 촬영 장소로 이동할 수 있었다.

'여운아, 도대체 무슨 생각인 거냐?'

정호는 이 상황이 대충 어떻게 돌아가는지 알고 있었다.

그래서 사실 민봉팔의 전화를 받았을 때 이미 시간을 되돌리고 싶었다.

하지만 강여운의 얘기도 들어보지 않고 시간을 돌리는 건 좋지 않다는 생각이 들었다.

'어차피 포인트는 충분해. 만약 여운이가 윤 부장님께 마음을 이용당하고 있는 거라면 가차 없이 시간을 되돌리겠다.'

정호는 살짝 화가 난 상태였다.

정호를 화나게 한 사람은 강여운이 아니라 윤 부장이었다.

'내가 여운이를 이성으로 보고 있는지, 아닌지 시험하겠다는 의도는 좋아. 이전의 시간에서도 이런 시험이 없었던 것은 아니니깐. 하지만 이렇게 여운이의 마음을 이용하는 것은 참을 수 없어. 여운이는 연예인이기 이전에 인간이다.'

그렇게 서둘러 달려간 덕분에 정호는 금세 대시맨 촬영장에 도착했다.

최종 미션까지 막 촬영을 끝냈는지 유재승이 클로징 멘트를 하고 있었다.

"대시맨 500회 특집 최종 우승은…… 강, 여, 운!"

강여운이 500회 특집으로 만들어진 황금 트로피를 들고 환호하면서 대시맨 촬영이 끝이 났다.

잠시 후 강여운이 인사를 끝내고 차량으로 돌아가려던 때였다.

정호가 강여운의 앞을 막아섰다.

여기까지 찾아올 거라고는 생각을 못 했는지 강여운이 놀란 얼굴로 중얼거리듯 말했다.

"오빠……."

"설명해봐. 이게 무슨 상황인지."

하지만 이내 놀란 표정은 사라졌다.

강여운은 굳은 결심이 어린 표정으로 대꾸했다.

"설명할 거 없어요."

"설명해 보라고! 윤 부장님이 널 이렇게 내몬 거야? 협박이라도 했어? 아니면 혹시 나 때문에 그런 거니?"

"아니에요."

"뭐가 아닌데?"

"윤 부장님 때문도 아니고 오빠 때문도 아니에요."

"뭐?"

"내가 원해서 했어요. 윤 부장의 협박이나 오빠가 성공하기를 바라는 마음이 아니라 내가 동생처럼 아끼는 밀키웨이와 나를 위해서 한 일이에요."

"그게 무슨 뜻이야?"

"말 그대로 그 뜻이에요. 지금까지 치기 어린 마음에 밀키웨이 애들이 오빠를 뺏어갔다고 생각해온 게 부끄럽고 미안해서 출연을 결심했어요. 그리고 한편으로 이게 저한테도 도움이 될 거라고 생각했죠. 가는 게 있으면 오는 것도 있으니깐."

"너…… 그 말은 설마?"

"네, 맞아요. 나 이제 오빠가 생각하는 그런 어린애 아니에요. 사리도 분별하고 무엇이 더 이익이 될까 생각할 줄도 알아요. 내가 뭔가를 해줬으면 윤 부장님도 곧 뭔가를 주겠죠. 내가 노린 것도 그런 거고요. 그러니깐 오빠도 신경 쓰지 말아요. 선택의 보상과 짐은 전부 내가 가져갈 거예요. 내가 전부."

강여운이 정호를 지나쳐서 걸어갔다.

걸음은 씩씩했지만 강여운의 눈에서는 소리 없는 눈물이 흐르고 있었다.

'그러니깐 나한테 발목 잡히지 말고 이제 더 먼 곳으로 날아가요, 정호 오빠. 내가 곧 따라갈게요. 우리 이제 누구의 소유도 아닌 어깨를 나란히 할 수 있는 사람으로 만나요.'

두 사람의 대화를 멍하니 듣고 있던 민봉팔이 정신을 차리고 소리쳤다.

"여운아! 야, 강여운!"

그렇게 강여운을 쫓아가려다가 민봉팔은 멈칫 정호의 표정을 살폈다.

의외로 정호는 기분 좋게 웃고 있었다.

'이제 새가 둥지를 떠날 때가 된 건가.'

사실 정호는 늘 걱정이었다.

강여운이 자신을 좋아하는 것은 상관없었다.

오히려 그게 진심이라면 강여운을 진지하게 생각해볼 마음도 있었다.

하지만 매니저와 담당 연예인의 관계는 언제나 미묘했다.

동등하다기보다는 늘 한쪽에 권력이 쏠려 있기 때문이었다.

이런 불균형한 관계에서 제대로 된 사랑이 이뤄지는 건 거의 불가능했다.

언제나 한쪽이 상처를 받을 수밖에 없었다.

그렇게 때문에 판단을 확실하게 내릴 수 없는 강여운의 마음이 깊어질까 경계해온 것이었다.

민봉팔이 정호에게 물었다.

"괜찮아, 정호야?"

"난 괜찮아. 그러니깐 여운이를 쫓아가서 네가 옆에 있어줘."

고개를 끄덕이고 민봉팔이 강여운을 쫓아갔다.

이전의 삶에는 없었던 예측하지 못할 미래가 조금씩 정호 앞에 펼쳐지고 있었다.

◇ ◆ ◇

대시맨 500회 특집 방송에 대한 반응은 뜨거웠다.

[강여운 뭐냐?ㅋㅋㅋㅋ 지금 홍캐리 시절로 돌아온 거냐?ㅋㅋㅋㅋ]

[와 이번 대시맨 진짜 웃겼다ㅋㅋㅋ 영화 두 편에서 카리스마가 너무 넘쳐서 강여운은 이제 예능 안 나올 줄 알았는데ㅋㅋㅋㅋㅋ]

[근데 강여운이 자꾸 부르려고 하다가 망치는 노래 뭐임?ㅇㅇ]

[밀키웨이라고 청월의 신인 걸 그룹 노래임.]

[원곡도 개판인가 들어봤는데 강여운 성대가 개판ㅋㅋㅋ]

[우리 홍캐리 언니 욕하지 마라!]

[아직도 홍캐리냐?]

[테니스 스커트 노래 개좋다ㅇㅇ]

뜻밖에도 실시간으로 온라인상의 반응을 살펴보고 있는 사람은 다름 아닌 윤 부장이었다.

'밀키웨이의 〈테니스 스커트〉에 대한 마케팅은 대성공이군. 최초로 플럼 차트 100위 안에 진입했고 순위도 급격히 상승하는 추세다.'

윤 부장이 흡족한 미소를 띠었다.

'흥미롭군. 흥미로워. 결과도 좋고. 과정도 아주 좋다.'

이런 생각을 하며 윤 부장은 얼마 전 일을 떠올렸다.

갑자기 정호에게 전화가 걸려왔을 때 정 실장뿐만이 아니라 윤 부장도 상당히 놀랐다.

하지만 전화를 받고 나서 더 놀랄 수밖에 없었다.

"……윤 부장님이 왜 저를 시험하려고 하시는지는 잘 알고 있습니다. 하지만 이건 아닙니다. 여운이는 연예인이기 이전에 한 명의 사람입니다. 사람의 마음을 가지고 장난치는 건 어느 누구라도 용납할 수 없습니다……."

윤 부장이 전화기 너머로 흘러나오는 정호의 말을 들으며 경악했다.

'여기까지 이미 예측했다고?'

그리고 덧붙여진 정호의 말을 듣고 온몸이 소름이 돋는 걸 느꼈다.

"저는 지금 여운이를 찾아가고 있습니다. 출연 결정을 여운이가 스스로 했기를 간절히 빌면서 말입니다."

딸깍, 뚝.

전화가 끊겼음에도 불구하고 윤 부장은 한동안 아무 말도 할 수 없었다.

그건 정 실장도 마찬가지였다.

정호는 거의 모든 걸 알고 있었다.

'대단한 인물이야. 정말 대단한 인물이 나타났어.'

윤 부장은 기지개를 켜고 자리에서 일어나며 생각했다.

'하지만 오정호, 네가 모르는 게 한 가지 있지. 너는 그날 아주 중요한 시험을 통과했다. 연예인으로서의 강여운이 아니라 사람으로서의 강여운을 고르는 그 순간에.'

윤 부장이 여태까지 보인 웃음 중에 가장 진한 웃음을 보였다.

그랬다.

사실 윤 부장은 정호가 담당 연예인을 이성(異性)이 아닌 이성(理性)으로 바라볼 수 있는지 시험한 게 아니었다.

윤 부장의 시험은 다른 것이었다.

'연예인을 도구가 아니라 사람으로 볼 수 있는지, 나는 그게 궁금했다.'

윤 부장은 연예인이란 지위보다 사람이라는 존재를 더 높게 평가하는 인물이었다.

그게 능력만을 평가받았다면 부사장 자리에 올랐어도 손색이 없을 윤일환이 부장으로 남아 있는 이유이기도 했다.

안타깝게도 윤 부장이 겪어온 연예계는 연예인을 사람으로 보는 사람이 아닌 도구로 보는 사람에게 높은 자리를 내어줬다.

'시험을 통과했으니 내가 너를 나보다 높은 곳으로 올려보내겠다. 지금처럼만 성장해라, 오정호.'

윤 부장은 창밖으로 지평선이 있는 곳을 바라보며 덧붙여 생각했다.

'그리고 이 회사와 연예계를 한번 바꿔봐라. 너의 이성(理性)으로, 너의 이상(理想)으로.'

〈2권에 계속〉